编委名单

主　编　吴跃军
副主编　王黎英　徐　宇
编委成员　吴跃军　王黎英　徐　宇　帅　筠　黎中元　秦海峰
　　　　　林大建　郭传柏　彭　承　彭晓红　胡效平　蓝文胜

主　编　吴跃军
副主编　王黎英
　　　　徐　宇

图书在版编目(CIP)数据

外媒看江西. 2014-2015 / 吴跃军主编. -- 南昌：江西人民出版社，2016.11

ISBN 978-7-210-08897-4

Ⅰ.①外… Ⅱ.①吴… Ⅲ.①新闻－作品集－世界－现代 Ⅳ.①I15

中国版本图书馆CIP数据核字(2016)第269670号

外媒看江西 2014—2015

吴跃军　主编
封面题字：余清楚
责任编辑：吴艺文
封面设计：同异文化传媒
出　　版：江西人民出版社
发　　行：各地新华书店
地　　址：江西省南昌市三经路47号附1号（邮编：330006）
编辑部电话：0791—86898470
发行部电话：0791—86898893
网　　址：www.jxpph.com
2016年12月第1版　2016年12月第1次印刷
开　　本：787毫米 × 1092毫米　1/16
印　　张：15.75
字　　数：250千
ISBN 978-7-210-08897-4
赣版权登字—01—2016—726
版权所有　侵权必究
定　　价：58.00元
承 印 厂：江西金港彩印有限公司

赣人版图书凡属印刷、装订错误，请随时向承印厂调换

向全球讲好江西故事的"旅游篇章"

丁晓群

　　江西省委宣传部、江西省旅游发展委员会、江西省外事侨务办公室和人民网连续两年联合主办了"外媒看江西"大型采访报道活动，共邀请了近40个国家的80余名中外记者抵赣采访，他们的采访用俄文、英文、日文、韩文、法文、西文、阿文等多个语种，在全球推出"江西风景独好"的国际版。

　　近年来，江西省旅游高位推动，快速发展，勇于创新，善于创新，创造了旅游发展的"江西模式"，创造了旅游发展的"江西速度"。展望"十三五"，江西旅游描绘了主营业务收入过1万亿元的宏伟蓝图，"绿富美"的江西，要打造美丽中国"江西样板"。到"十三五"期末，江西全省旅游接待总人数将达8亿人次；全省旅游总收入将突破1万亿元，旅游业增加值占全省GDP的15%以上，综合指标力争进入全国第一方阵。

　　当前，网络和数字技术的迅猛发展，带来了媒体格局的深刻调整，以互联网为主要载体的新媒体已成为广大游客尤其是青年游客获取信息的主要途径。江西省旅发委与人民网联合主办的"2014外媒看江西"、"2015外媒看江西"活动，通过借助新媒体手段，采访团亲身体验了江西旅游秀丽险峻的自然风光、厚重古朴的历史文化，将一个生机勃勃、充满活力、充满希望的江西旅游发展新貌展现在世界面前。

　　江西是个好地方。大自然慷慨地给了我们妩媚青山、浩渺鄱湖，造就了诗情画意、美不胜收的"风景这边独好"。江西旅游要走向世界，离不开传媒的神奇功能，为了延伸两届"外媒看江西"的影响力，打造"外媒看江西"品牌，我们特地精选出两届"外媒看江西"活动中外国记者的精品力作，结集成册。

　　让这些优美的文字、精彩的图片，凝成永恒的记忆，向全球讲好江西故事的旅游篇章，让"江西风景独好"品牌成为"赤橙黄绿青蓝紫"的综合品牌，更好地吟诵"乡土诗"，演绎"华夏曲"，唱响"国际歌"！

（作者系江西省旅游发展委员会主任）

目 录

江西省情介绍（中英文）/001

外媒记者名单（2014）/004

部分随团记者工作照（2014）/006

外媒记者名单（2015）/010

部分随团记者工作照（2015）/012

中国江西　绿色旅游的典范/017

江西无与伦比的魅力/023

游客需求越多，我们提供的就要更多/027

各国记者汇聚一堂　向世界展示江西魅力/031

外媒记者眼中的江西魅力/037

"2015外媒看江西"大型采访报道活动启动啦！/041

外媒看江西——富有魅力和历史的中国土地/045

江西，中国"肺城"/049

"红色旅游"之乡出土古代文物/053

"外媒看江西"大型采访报道活动启动/057

第一站：南昌 / 059

独特的江西：滕王阁/061

江西省·外国记者视角下的古色古香的阁楼魅力/063

外国友人眼中的滕王阁/065

壮哉，江西滕王阁！/067

江西西汉大墓宝藏的探索/069

闪耀的中国梦——赣江两岸的灯光秀/073

考古：2000年前海昏侯的日常生活/077

南昌：中国光之城/081

外媒记者参观南昌西汉大墓考古发掘成果展/083

外媒看江西——滕王阁夜景/087

第二站：上饶 / 089
江西"鬼舞"/091
独特的江西：寻找中国最美丽的乡村/093
篁岭，摄影师的天堂/095
积极促进文化旅游，正逢其时/97
到"中国最美乡村"婺源亲身体验……/101
外媒：加强宣传三清山 让更多的游客了解它叹为观止的美景/103
三清山，露天道教博物馆/105
三清山/107
天各一方的神奇石头/111

第三站：景德镇 / 117
外媒记者参观世界上最古老的瓷器生产线/119
独特的江西：游历瓷器世界的昨天和今天/121
景德镇的工匠：延续传统/123
中国瓷器之都的传统正在消失/125
印象照片集：探寻世界上最古老的瓷器生产线/129
真如堂瓷器——现代、雅致/133

第四站：九江 / 137
庐山，风景秀丽，古迹众多的佛教圣山/139
外国记者参观东林寺及世界上最大的佛像/141
世界最高阿弥陀佛铜像——东林大佛一览/143
世界最高的东林寺佛像/145

第五站：吉安 / 147
古老历史的燕坊村/149
阳明书院的历史 从过去至现在/151
庐陵文化生态园/153
"外媒看江西"——吉安印象/155
吉安燕坊古村，中国清朝古迹博物馆名村/159
外媒记者参观吉州窑/161
外媒看江西——参观庐陵文化生态园和吉安市博物馆/165
江西燕坊古村：汇聚明清古建筑/169
探访庐陵文化生态园和吉安市博物馆/171

第六站：赣州 / 175

"外媒看江西" 难忘赣州/177
发现脐橙：江西特产之一/181
"君子谷"的生物多样性/183
外媒记者参观"君子谷野生水果世界"/185
外媒记者参观通天岩石窟和赣州古城墙/187
探访赣州君子谷野生水果世界/189
"外媒看江西"向世界介绍赣州的大自然/191
外国记者在中国体验采摘脐橙/195

人民网上的外媒看江西 /197

"2014外媒看江西"大型采访报道活动启动/198
埃菲社记者：南昌的天很蓝　赣江很漂亮 /200
外媒记者登滕王阁赏美景　赞叹古韵唐风巧夺天工/202
"篁岭模式"与世界对话：婺源要建全球最美风情小镇/204
篁岭最美老板娘迎外媒记者　欲将篁岭花茶卖到全世界/207
外媒记者感叹篁岭美：简直世外桃源　太美了！/209
外媒记者三清山采风：不可思议　怎么看都那么美/212
外媒记者探访世界最古老制瓷生产线　赞叹无与伦比/214
参观星子东林寺　48米高大佛让外媒记者叹为观止/216
外媒记者庐山秀峰采风：我还会再来的！/218
外媒记者感受观音桥千年古韵　赞造桥工匠"了不起"/219
"2014外媒看江西"活动结束　向世界呈现独特江西/220
外媒记者为江西旅游支招　不仅要看美景也要看生活/221
外媒记者参观南昌西汉大墓成果展/224
夜游赣江观赏灯光秀　外媒记者点赞"南昌气质"/225
江西文物考古所所长．一直试图让考古成果走出象牙塔/226
拉美记者："我将告诉我的国人　江西有个吉州窑"/228
外媒记者轮番体验制瓷拉坯　感叹"这不是简单的活儿"/230
一门五进士　百步两尚书　外媒记者点赞庐陵民俗/231
通天岩登山赏景　外媒记者认为江西绿色生态值得推广/234
登八境台赏赣州八景　外媒记者感慨才知道赣南如此美丽/236
外媒记者恋上崇义君子谷：愿娶个中国姑娘在此共度一生/238

后　记/240

A Green Land A Cradle of Revolution ——Jiangxi

Jiangxi Province is located in the southern side of the middle and lower reaches of Yangtze River, a hinterland to Yangtze River Delta, Zhujiang River Delta, and Taiwan Straits West Coast Economic Zone. It covers a total area of 166,900 square kilometers with a population of 44.88 million and jurisdiction over 11 cities with districts, 100 counties (cities, districts). It is also called "Gan" for short. Nanchang is the capital of the province.

Jiangxi was the cradle of the Chinese revolution. Nanchang was the birthplace of the people's army; Jinggangshan Mountains was China's first rural revolutionary base; Ruijin was the birthplace of the Chinese Soviet Republic; railroad workers and coal miners under the leadership of the CPC held a general strike in Anyuan.

Jiangxi is an ideal place both for living and business. Province's forest coverage rate reached 63.1%, ranked first in the nation. There are 3 national ecological model zones, 5 national nature reserves, 12 national scenic spots, 14 national forest parks. Environment in the province keeps on improving. Its ecological environment is superior. Compliance rate of water quality at monitoring sections in its main rivers reached 80.6%, drinking water compliance rate 100%. Air quality in 11 cities with districts reached grade II above.

Jiangxi is rich in abundant natural resources. The province has discovered 187 useful minerals, of which 132 have proven reserves, 43 ranked fifth and 10 ranked first in the nation in terms of reserves. Copper, tungsten, uranium, tantalum, niobium, rare earth, gold and silver are being hailed as Jiangxi's "Seven Golden Flowers". Jiangxi is famous for being the "Copper Capital of China", the "Tungsten Capital of the World", the "Rare Earth Kingdom" and the "Lithium Capital of Asia".

Today, Jiangxi people live and work in peace and contentment within a harmonious society. With rapid economic development, Jiangxi is full of life and showing boundless vitality all over the land. Diligent and honest people, rich resources, beautiful surroundings, sound infrastructure, make up sufficient conditions for Jiangxi's green rise and eco-development.

江西省情介绍

红色摇篮　绿色家园——江西

　　江西位于中国长江中下游的南岸，是长江三角洲、珠江三角洲和海峡西岸经济区的腹地。全省面积16.69万平方公里，人口4565万，辖11个设区市，100个县（市、区）。简称"赣"，省会南昌。

　　江西，中国革命的摇篮。南昌是八一军旗升起的地方，井冈山是中国革命的摇篮，瑞金是中华苏维埃共和国的诞生地，在安源中国共产党领导举行了震惊中外的路矿工人大罢工。

　　江西，宜居宜业的绿色家园。全省森林覆盖率达63.1%，居全国前列。境内有3个国家级生态示范区，5个国家级自然保护区，12个国家级风景名胜区，14个国家级森林公园。全省环境质量持续改善，生态环境优越，主要河流监测断面二类水质达标率为80.6%，饮用水源地水质达标率100%，11个设区市的环境空气质量均为二级以上。

　　江西，矿产资源丰富。全省已发现有用矿产187种，其中探明资源储量的有132种，储量居全国前五位的有43种，居全国第一位的有10种，铜、钨、铀、钽铌、稀土、金、银被誉为江西的"七朵金花"。江西有"中国铜都""世界钨都""稀土王国""亚洲锂都"之称。

　　今日江西，人们安居乐业，社会和谐平安，经济发展迅速，处处洋溢着勃勃生机。朴实的民风，丰富的资源，优美的环境，完善的基础设施，为江西的科学发展、绿色崛起提供了有利条件。

外媒记者名单（2014）

	单位	姓名
1	美国合众国际社（UPI）	谢笛文
2	美国合众国际社（UPI）	Monica Turri
3	法新社中国分社社长	LESCOT Patrick
4	西班牙埃菲社	ADRIA CALATAYUD REDACTOR
5	西班牙《阿贝赛报》	PABLO MANUEL DIEZ UCEDA
6	西班牙电视3台	Sara Romero Estella
		Daniel Esparza Jimeno
7	阿拉伯之声电台	Salah Mohammed Mohammed Abuzaid 萨拉
8	加纳《每日写真报》	Emmanuel Adu-Gyamerah 阿杜
9	肯尼亚《旗帜报》	Philip Etyang 菲利普
10	塞内加尔《太阳报》	Mohamadou Mahmoun Faye 费耶
11	坦桑尼亚《每日新闻报》	Abduel Joseph Elinaza 阿巴杜
12	赞比亚新闻通讯社	Mubiana Simasiku 斯马斯库
13	喀麦隆论坛报	Messi Balla Jacques 梅西
14	卢旺达《新时代报》	Paul Ntambara 保罗
15	苏丹媒体中心	Mohamed Elamin Abbas Hamza （Alnahas）阿明
16	中非新闻交流中心	孙天源
17	韩国JTBC电视台	Cho Ik Sin 赵翼鋠
		Shin Dong Hwan 申東煥

续表

	单位		姓名
18	越南之声广播电台北京常驻机构		HA MANH THANG
			LE VAN BAO
19	中国日报网		旅行记者 蒋婉娟
20	中国网		VANOUDENHOVEN Jérôme Jacques Patrick王罗杰
			Buyanova Anna安娜
21	人民网海外传播部	英国频道	张茜
		日本频道	张璐璐
			岩崎元地
		阿文频道	曾书柔
		德国频道	米琳（Mirjam Grüter）
			何昕
		西班牙频道	湖长明（Alvaro Lago Sanchez）
		韩国频道	曹美敬（JO MA KYEONG）
22	中央电视台	俄语国际频道	Sliaptsova Viktoryia
			夏秋
			田昊
		西班牙语国际频道	Cesar Mauricio Santos Castellanos
		国际台日籍外专	林茉以子（HAYASI MAIKO）

5

部分随团记者工作照（2014）

Castellanos
中央电视台西班牙语国际频道

Daniel Esparza Jimeno
西班牙电视3台

Monica Turri
美国合众国际社（UPI）

PABLO MANUEL DIEZ UCEDA
西班牙《阿贝赛报》

Sara Romero Estella
西班牙电视3台

Shin Dong Hwan 申東煥
韩国JTBC电视台

Sliaptsova Viktoryia
中央电视台俄语国际频道

阿巴杜
坦桑尼亚《每日新闻报》

阿杜
加纳《每日写真报》

保罗
卢旺达《新时代报》

菲利普
肯尼亚《旗帜报》

蒋婉娟
中国日报网

部分随团记者工作照（2014）

林茉以子
中央电视台国际台日籍外专

梅西
喀麦隆论坛报

萨拉
阿拉伯之声电台

斯马斯库
赞比亚新闻通讯社

王罗杰
中国网

谢笛文
美国合众国际社（UPi）

LESCOT Patrick
法新社中国分社社长

阿明
苏丹媒体中心

外媒记者名单（2015）

序号	单位	姓名
1	人民日报(海外版)	刘峣
2	环球时报	姜洁
3	拉丁美洲通讯社	Damy Arai Vales Vilamajo
4	TELESUR电视台(拉丁美洲南方电视台)	Juan Carlos Arias Escardo
5	Yuanfangmagazine（拉美介绍中国的杂志）	Andrea del Pilar Mella Figueroa
6	西班牙国家通讯社（EFE）	Francisco Javier Borràs Arumí
7	摩洛哥通讯社	MOUFAKKIR ABDELKRIM
8	越南人民报	DANG HAI NAM(邓海南)
9	今日俄罗斯国际通讯社	Efimov Alexey（叶菲莫夫）
9	今日俄罗斯国际通讯社	李雁飞
10	苏丹日出电视台	SAADEH SHAKER OTHMAN SAADEH
11	中央电视台	ANDREI FEDOROV
11	中央电视台	李俊泽
11	中央电视台	邹荃
11	中央电视台	JORGE OCTAVIO FERNANDEZ MONTES
11	中央电视台	李韵
11	中央电视台	马天舒
11	中央电视台	BASIM FAIQ ALI
11	中央电视台	张琳

续表

序号	单位		姓名
12	今日中国		Ramón Martínez Bermúdez
			MOHAMEDELAMIN ABBAS HAMZA KHEDIR
			杜超
13	人民画报		MAKSIM BELOV（平乐夫）
14	中国网	阿语频道	Hosam Farouk Ahmed Mohamed Elmaghrabi
			王博
		俄语频道	PELIAVSKA ANASTASIIA
15	人民网 （海外传播部）	西语频道	Alvaro Lago Sanchez（湖长明）
		葡语频道	Mauro Adriano Santos Marques（孟儒之）
		日语频道	王晓霞
			IWASAKI MOTOJI（岩崎元地）
		阿语频道	刘古月
		法语频道	何蒨
		英文频道	马晓春
16	人民网地方部		李欣玉
			魏炳锋

部分随团记者工作照（2015）

刘崴
人民日报（海外版）

Damy Arai Vales Vilamajo
拉丁美洲通讯社

Juan Carlos Arias Escardo
TELESUR电视台(拉丁美洲南方电视台)

Andrea del Pilar Mella Figueroa
Yuanfangmagazine(拉美介绍中国的杂志)

Francisco Javier Borràs Arumí
西班牙国家通讯社（EFE）

MOUFAKKIR ABDELKRIM
摩洛哥通讯社

DANG HAI NAM(邓海南)
越南人民报

MOHAMEDELAMIN ABBAS HAMZA KHEDIR
今日中国

ANDREI FEDOROV
中央电视台（俄语）

JORGE OCTAVIO FERNANDEZ MONTES
中央电视台（西语）

李韵
中央电视台（西语）

马天舒
中央电视台（阿语）

部分随团记者工作照（2015）

BASIM FAIQ ALI
中央电视台（阿语）

Ramón Martínez Bermúdez
今日中国

SAADEH SHAKER OTHMAN SAADEH
苏丹日出电视台

Hosam Farouk Ahmed Mohamed Elmaghrabi
中国网阿语频道

Alvaro Lago Sanchez（湖长明）
人民网西语频道

Mauro Adriano Santos Marques（孟儒之）
人民网葡语频道

IWASAKI MOTOJI（岩崎元地）
人民网日语频道

刘古月
人民网阿语频道

何蒨
人民网法语频道

马晓春
人民网英文频道

来源：苏丹媒体中心
作者：阿明

原文/阿拉伯文

الخضراء للسياحه نموذجا الصينيه جيانغشي مقاطعه

النحاس الأمين محمد

تقع مقاطعة جيانغشي على الضفة الجنوبية لمجرى رافدي نهر اليانغتسي الأوسط والسفلي وسط مقاطعات داخلية أخرى مجاورة لعدة مقاطعات تكون أن الموقع لهذا وأتاح ، الصين شرق جنوب.

الخزف عاصمة جينغدهتش

تشتهر مقاطعة جيانغشي بصناعة الخزف الذي يصنع بمدينة جينغدهتش على ضفة نهر تشانغخه المنتجات أصبحت ولذلك ، عام ألف من أكثر إلى الخزف تصنيع تاريخ ويعود ، المقاطعة شرق بشمال الخزفية المنتجات نم نوع كل على تطلق لفظة أصبحت والتي بالصيني تسمى الخزف من المصنوعة في أنحاء مختلف العالم.

وذلك ، بالصين الخزف بعاصمة جينغدهتش مدينة سميت حتى الآفاق المدينة هذه شهرة عمت وقد لارتباط ازدهار تصنيع الخزف بمدينة جينغدهتش والتي نجحت في تطوير تقنيات تصنيع الخزف منذ القدم . إن عملية تصنيع الخزف لا تخلو من التعقيد، فعملية تصنيع الخزفيات تمر بـ 72 مرحلة . ابتداءاً من تجهيز الطين وتشكيل الإطار والرسم وصبغه بالألوان . ولذلك تتبوأ الخزفيات مكانة متميزة على أساس ما تجسده من مظاهر ثقافية متصلة بصناعة الخزفيات.

السياحية المعالم

تتمتع هذه المقاطعة بطبيعة ساحرة وتتنوع فيها الأراضي ما بين سهلية منبسطة وجبيلية تعتبر المقاطعة من جملة مساحة 60% نحو غاباتها وتغطى . الأخضر البيت تسمية عليها أطلق هذه المقاطعة لجمال ونظراً ، البحر سطح فوق متر 1800 ارتفاعها يتجاوز الخضرة تكسوها وهبتها وقد 5100 كم² مساحتها تبلغ إذ ، الصين في عذبة مياه بحيرة أكبر بوبيانغ بحيرة الطبيعة ظروف مناخية جيدة ، تكسو حيث جداً سلاسلها الجبلية خضرة على مدار أيام العام. وعلى هذا الأساس تعد منطقة جيانغشي من العديد في العذبة المياه وتدفق المناطق هامة.

وكذلك جميلة وأجواء طبيعة ساحرة من نغشجي مقاطعة تتمتع ولما المقومات هذه جميع ونظراً للسواح قبلة المقاطعة المختلفة مدن أصبحت ، التاريخ فجر منذ بها الخزفيات صناعة انتشار داخل الصين وخارجها من الطبيعة وعشاق.

المحلي الاقتصاد تطوير

يقوم اقتصاد جيانغشي الذي يعتبر من الاقتصادات الناشئة في الصين على انتاج المحاصيل الزراعية وانتاج العديد من المعادن والمواد الخام ، وهذه المحفزات الاقتصادية تجعل المقاطعة منطقة جاذبة للاستثمارات.

译 文

中国江西　绿色旅游的典范

江西省地处长江流域中下游的西南部、中国东南部的中心，因此该省份与其他几个内陆省份毗邻。

景德镇——瓷器之都

江西因景德镇生产的陶瓷而闻名，瓷器制造的历史可以追溯到1000多年前，因此瓷器制品被称为"china"，"china"已经成为世界各地命名各种瓷器产品的词语。

当景德镇被誉为中国的瓷器之都，这个城市便充满了发展前景，当然这都与景德镇瓷器制造业的繁荣息息相关。在很久以前，景德镇就在发展制瓷技艺上取得了巨大的成功。制造瓷器的过程十分复杂，从准备泥浆、形成框架、着色开始，需要历经72道工序。因此景德镇在与瓷器产业相关的文化表现上占据着绝对的优势地位。

旅游景点

江西省拥有迷人的自然风光，有富饶的平原，也有植被丰富海拔超过1800米的山川，全省森林覆盖率超过60%，江西省因此被命名为"绿屋"；同时鄱阳湖被誉为中国最大的淡水湖，面积达5100平方公里。大自然给予的气候条件都非常好，四季长青，淡水资源丰富。在此基础上，江西被视为一个重要的农业区。

江西省拥有迷人的自然风景和舒适的气候，同时瓷器产业的盛行，使得江西省各地都成为吸引国内外游客以及大自然爱好者的磁铁。

发展地方经济

江西经济被认为是中国的农作物生产和多种矿物质和原材料生产的新兴经济体之一，而这些经济刺激措施使全省成为一个吸引投资的地区。

在中央政府的帮助下，江西省政府正在通过基础设施建设发展旅游业带动当地经济，使经济多元化以增加地方财政收入。

在此背景下，由人民网、中共江西省委宣传部、江西省旅游发展委员会共同举办的

الاقتصاد تطوير على المركزية الحكومة وبمساعدة جيانغشي مقاطعة في المحلية الحكومة وتعكف زيادة في لتسهم السياحة صناعة لتطوير التحتية البنية بناء خلال من وتنويع المحلي. العائدات المحلية.

وفي الاطار هذا قامت السلطات المحلية في مقاطعة جيانغشي بمشاركة شبكة الشعب أونلاين واستضافت 40 صحفياً ولمدة أسبوع من مختلف أنحاء العالم من أمريكا اللاتينية وشرق آسيا وغرب أوربا وشرقها وشمال وغربها قيافري ووسطها، وذلك لإطلاعهم على امكانيات المقاطعة السياحية الآخذة في التطور وللتعريف بمناطق الجذب السياحي والخدمات الفندقية.

وقام هذا الوفد بحضور الإعلامي الكبير تنويرات صحفية قدمها كبار المسؤولين وأصحاب الأعمال وأجابو خلالها على أسئلة الصحفيين، وقد حرص مسؤولو المقاطعة على الاستماع إلى ملاحظات أعضاء الوفد وآرائهم بغرض بحث سبل النهوض بصناعة السياحة وتجويد الأداء.

الحملة الترويجية لتطوير السياحة بجيانغشي

قال السيد تشو كونغ نائب حاكم مقاطعة جيانغشي لدى مخاطبته تدشين الحملة الترويجية "نحن سعداء أن يكون بالمقاطعة صحيفة للسياحة ومن وبدعم بجيانغشي للسياحة الترويجي النشاط لبدء هنا يتجمعون العالم أنحاء جميع من والأصدقاء الإعلام وسائل من العديد من ممثلي كبار أتقدم أن أود للمقاطعة المحلية الحكومة عن نيابة..أونلاين الشعب وشبكة اليومية الشعب ولدعمكم لجهودكم الشكر خالص عن وأعبر جميعاً لكم الترحيب بأحر."

"يوجد بجيانغشي العديد من المواقع السياحية معالم من المقاطعة به تتمتع لما سيادته وتطرق عليه وتطلق عالية بسمعة يتمتع الذي (Lu) لو جبل: على سبيل المثال، المعروفة السياحية بجيانغشي يوجد وكذلك. الأرض في الأسم الجمال مثل، روعته على الدالة الصفات من العديد يختزن الذي (Sanqing) سانشينغ جبل وأيضاً. الثورة بمهد ويعرف (Jinggang) قانغ جينغ جبل بحيرة وهناك. الصين قرى أجمل لقب على حازت التي (Wuyuan) يوان وقرية. الغابات عجائب يطلق الذي (Mingyue) غيومين وجبل. الصين في عذبة بحيرة أكبر تعد التي (Poyang) بوياغ وأضاف أن "السحابية المروج مسمى عليه ويطلق (Wugong) ووغونغ وجبل. القمر مرفأ عليه الجبال يزور الذي المرء إن" مرة ذات كتب تونغ تسي ماو العظيم الصيني الزعيم شبابه على سيحافظ الخضراء."

"لما والخارج الداخل في السياح من لعديدا وجذبت ساحرة سياحية وجهة جيانغشي أصبحت لقد المقاطعة وحكومة الحزب لجنة أن بالإشارة والجدير. مثالية وبيئة وطبيعة جمال من به تتمتع في السياحية الموارد من القصوى الاستفادة لتحقيق 2014 أكتوبر في متكاملة خطة وضعتا الأخضر لاقتصادا وتشجيع السياحة صناعة ترقية إلى الخطة وتهدف، المنطقة."

"أنحاء مختلف إلى للسياح الإجمالي العدد زاد، 2013 العام في أنه إلى سيادته وأشار عائدات بالتالي وزادت، الماضي العام من نفسها بالفترة مقارنة 22% بنسبة جيانغشي مقاطعة إلى يناير من الفترة خلال العام هذا وفي، العام هذا 35.18٪ بنسبة الإجمالية السياحية ارتفعت حين في، الماضي العام من الفترة بنفس مقارنة 25.16% بنسبة السياح عدد زاد، أكتوبر لقد بلغ، العام هذا في الوطني بالعيد الاحتفال أسبوع خلال 36.77٪ بنسبة السياحة عائدات قاطعة ما تحققه من أن وأضاف 30.87٪، بنسبة زيادة مسجلاً 32322100، للسياح الإجمالي العدد وبلغت. الوطني الصعيد على الثانية المرتبة في يضعها السنوي النمو نسبة لتحتل 39.37٪، إلى نسبته وصلت سنوي أساس على العام والنمو، يوان 16032000000 السياحة البلاد مستوى على الأولى المرتبة جيانغشي بذلك."

معلومات أساسية

الرسي الاسم	مقاطعة جيانغشي (Jiangxi)
العاصمة	نانتشانغ
الموقع	جنوب شرق الصين
المساحة	166,900 كلم²
عدد السكان	45,650,000

"外媒看江西"活动历时一周,邀请了40多名来自拉丁美洲、美国、东南亚、西欧、中东、北非、西非和中非等世界各地的记者,向他们展示该省旅游业可持续发展前景,以及介绍旅游景点和宾馆服务。

活动期间,江西高层官员回答了记者的提问,该省官员很珍惜来自世界各地的采访团成员的意见和建议,并以此来寻找提高、改善江西旅游业的途径和可能。

发展江西旅游的宣传活动

江西省副省长朱虹在向媒体记者介绍时说:"我们很高兴能够与来自世界各地的媒体代表和朋友聚集一堂,共同见证江西省旅游宣传活动的开展,也感谢《人民日报》和人民网的支持。在这里,我代表江西省政府向你们的到来表示热烈的欢迎以及衷心的感谢。"

谈到该省的旅游景点,朱虹说:"江西省有很多著名的旅游景点,比如说享有较高知名度和多方面证明其辉煌无比的庐山,它有着独一无二的美;同时江西还有井冈山,是我们中国革命的摇篮;有森林奇观之称的三清山;有赢得中国最美乡村之称的婺源;还有中国最大淡水湖的鄱阳湖,以及被称为月亮湾的明月山和被称为云中草原的武功山。"

朱虹说,中国伟大领袖毛泽东曾这样写道:"踏遍青山人未老,风景这边独好。"江西已成为迷人的旅游胜地,因为它的美丽、自然和理想的环境,已经吸引了不少国内外游客。如今,江西省委省政府制订了一个全面的计划,该计划旨在提升旅游产业,鼓励绿色经济的发展。到2014年10月,江西全省旅游资源产生的效益已显著提高。与2013年同期相比,江西旅游接待游客总人数上升了22%,旅游总收入同比增长35.18%。在1—10月期间,江西游客的数量比上年同期增长了25.16%,而旅游收入增长了36.77%。在国庆节一周期间,游客总数达3232万多人次,同比增长30.87%,国庆黄金周旅游收入达到160.32亿元,而每年的总体增长幅度达到39.37%。

江西省情基本信息

江西省	官方名称
南昌	省会
中国东南部	位于
166 900平方公里	面积
4565万	人口

إن تشير الأرقام إلى أن الصين تمتلك سوقاً سياحة محلية كبيرة وهذه السوق تنمو السياحة في إجمالي الناتج المحلي نمو نسبة من 5% بأكثر تساهم بذلك وهي، كل عام بنسبة 10% وتيرة من يزيد نحو على الاستهلاك وزيادة التوظيف لفرص بالنسبة كبيرة مجالات وتفتح الصين البلاد أنحاء في الاقتصادية التنمية.

إن مقاطعة جيانغشي تمثل واجهة لجمال الطبيعة، وتنوع عناصر فيها الجذب السياحي من ذلك الجبال الشاهقة. وهناك في الصين بحيرة للمياه العذبة تعد أكبر التي، بويانغ بحيرة مجهزة أنها حيث يسر بكل إليها الوصول يمكن والتي الزوار يحتاجها التي الخدمات فيها توجد الزوار يستمتع أن يمكن وكذلك. ومشوق سهل أعلى نقطة إلى الصعود عملية من يجعل طيب بشكل المقاطعة هذه به تمتع ما إن، المختلفة تهم احتياجا تلبي والتي الراقية الفندقية بالخدمات مثل العناصر من عدد على تقوم والتي، الخضراء للسياحة نموذجاً لتكون تماماً مؤهلة يجعلها والمشاكل التلوث مخاطر من وتخلو طبيعية وأحياء ونباتات وطاقة مياه من الطبيعية الموارد البيئي التدهور عن تنتج ما عادة التي.

إن القائمون على تنمية السياحة في جيانغشي يدركون أن مصدر اقتصادي يلعب دوراً مهماً الأيدي لتشغيل فرصاً وتوفر، الصعبة للعملات مصدراً تكون أن ويمكن، المحلي الدخل زيادة في جسراً الإنسانية الحضارات بين جسراً تكون أن يمكن كما. والتنمية للنهوض ومحفز، العاملة الآخرين على الانفتاح يحقق واصللت.

　　这些数字表明，中国具有庞大的国内旅游市场，正以每年10%的速度增长，有助于中国国内生产总值以5%以上的速度增长，为拓展就业机会、刺激消费、加快国家各地区经济增长步伐开辟了巨大的市场。

　　江西省代表了自然之美，它有很多不同的景点元素，如鄱阳湖是中国最大的淡水湖。三清山等景点为游客提供各种所需的服务，游客能轻松地到达这里，而且还配备了良好的游览设施，使游客到达顶峰的过程轻松、有趣。同时游客可以享受到满足其各种需求的高端酒店服务。因此江西省完全有资格成为绿色旅游的典范，这是综合诸多因素的，如自然资源：水、能源、植物和自然生命，并且无任何污染和环境恶化引发的问题。

　　江西省旅游委的专家认识到，旅游业是一个非常重要的经济来源，对增加地方收入起到巨大的作用，并能成为硬通货来源，为劳动力提供就业机会，是社会进步和发展的催化剂。同时，它也是人类文明及人与人沟通的桥梁。

来源：中国网俄语
作者：安娜
发布时间：2014年12月1日
链接：http://russian.china.org.cn/exclusive/txt/2014-12/01/content_34301790.htm

原文/俄文

Неповторимое очарование провинции Цзянси

Многие люди знают провинцию Цзянси как колыбель китайской революции, а город Наньчан – как место рождения народной армии Китая. Однако не всем известно, что Цзянси – идеальное место для путешествий, которое наряду с богатой историей обладает удивительными по красоте природными пейзажами, самобытной культурой и сильными традициями.

О провинции

Провинция Цзянси находится в Юго-Восточном Китае, на юге среднего и нижнего течения реки Янцзы. Она занимает территорию 166,9 кв. км. с населением 45.65 млн. чел. Столицей провинции является город Наньчан.

Цзянси обладает благоприятными экологическими условиями и множеством природных ресурсов. Покрытая лесом площадь составляет 63,1% и занимает первое место по всей стране.

Развитие провинции идет большими шагами. С каждым днем увеличивается протяженность высокоскоростных железных дорог и автомагистралей, становится более разнообразной туристическая продукция.

Достопримечательности Цзянси

Провинция Цзянси – рай для путешественников, здесь можно найти все, что угодно душе. Природные красоты - прекрасные горы, полноводные реки, яркие цветы; наследие истории и культуры - ремесленную продукцию, блестящие выступления, самобытные традиции; гастрономические удовольствия – неповторимую кухню и многое другое. Необходимо отметить, что жители провинции – люди радушные и гостеприимные. Как только оказываешься в Цзянси, забываешь, что ты в гостях и чувствуешь себя дома.

Какие достопримечательности необходимо посетить в первую очередь, оказавшись в Цзянси? Остановимся на наиболее важных из них.

Яркие краски деревни Хуанлин

Деревня Хуанлин расположилась на востоке Цзянси и находится в подчинении администрации уезда Уюань, известного как «наиболее красивый в Китае». Хуанлин

译文

江西无与伦比的魅力

南昌市

众所周知，江西省是中国革命的摇篮，而南昌市是中国人民军队的诞生地。但是大家未必都知道，江西省还是理想的旅游目的地。它不仅拥有弥足丰富的历史，还拥有美丽动人的自然风景、别具一格的文化和感染力很强的传统。

江西省简介

江西省位于中国东南部，长江中下游以南，其面积为16.69万平方公里，人口4565万，省会为南昌市。

江西拥有优越的生态条件和众多的自然资源。森林覆盖率达到63.1%，在全国首屈一指。

江西省大踏步向前发展，高速铁路和公路干线里程与日俱增，其旅游产品愈加多样。

江西的名胜古迹

江西省——旅行者的天堂。心之所至，尽在此处。自然风景——风景秀丽的山峰、水量充足的大河、明艳照人的鲜花；历史和文化遗产——手工产品、华丽的表演、别具一格的传统；美食享受——无与伦比的美食等。必须指出的是，江西的人民热情好客。只要一到江西就会忘记"独在异乡为异客"，感到"每逢相识倍相亲"。

来到江西，必须先参观哪些名胜古迹呢？我们择其要者作一介绍：

篁岭村的明快色调

篁岭村位于江西省东部，属婺源县管辖，被誉为"中国最美乡村"。篁岭村占地面积15平方公里。游客可沿索道乘缆车游玩，春天欣赏油菜花，夏天沉浸于安祥宁静的氛围中，而秋天则成为"晒秋"独特传统的见证者。这个时节当地居民用巨大的托盘晾晒桂花、天椒和花生等。

徽式建筑也是篁岭村的有趣之处。黑瓦屋顶和白墙相互映衬，形成了鲜明的对比。

村里有十分有趣的表演——"傩舞"，进行茶道表演，制作民族风味的菜肴。

занимает площадь 15 кв. км и предлагает туристам прокатиться по канатной дороге, весной полюбоваться цветами рапса, летом окунуться в атмосферу неги и спокойствия, а осенью стать свидетелем уникальной традиции «Сушка на солнце» Шайцю, когда на огромных подносах местные жители выставляют на солнце цветы османтуса, острый перец, арахис и т.д.

Изюминкой Хуанлин также является архитектура в Аньхойском стиле, черные черепичные крыши в сравнении с белыми стенами зданий создают яркий контраст.

В деревне проводится интересное выступление – «Танцы призраков», проходят чайные церемонии, готовятся национальные блюда.

Величественные горы Саньциньшань

三清山的山道

В горах Санциньшань издревле практиковали монахи-даосы. Санциньшань считаются одними из пяти самых красивых гор Китая. Они также внесены в список Всемирного наследия ЮНЕСКО. Горы знамениты не только своими «гранитными лесами», но также уникальной флорой и фауной. Около 80% территории гор покрыто лесами, там произрастает 2,5 тыс. видов различных растений, большинство из которых являются ингредиентами для традиционной китайской медицины. Помимо этого в горах живет 1728 видов животных.

Перед путешественниками, оказавшимися в Саньциньшань, открываются потрясающие виды. Особую таинственность горам придает туман, который спускается в долину. Когда туман окутывает горы, создается ощущение, что они теряются в облаках.

Город Цзиндэчжэнь – столица фарфора

Фарфор – величайшее изобретение, сделанное в Китае, которое насчитывает тысячелетия. Если говорить более конкретно, то его родина - Цзиндэчжэнь. До сих пор город специализируется на производстве фарфора, там проживают мастера, которые передают свое уникальное мастерство из поколения в поколение. В Цзиндэчжэне есть знаменитый Музей древних печей для обжига, где можно познакомиться со всеми этапами создания изумительных фарфоровых изделий.

景德镇的瓷窑

徽式建筑

篁岭的晒秋

篁岭的表演

篁岭村的妇女

雄伟壮丽的三清山

自古以来就有道士在三清山修行。三清山被认为是中国最美的五座名山之一。三清山还被列入联合国教科文组织世界遗产名录。三清山闻名遐迩不仅仅是因其"花岗岩峰林",还因其独一无二的动植物群。山区大约80%的面积被森林覆盖,生长着2500多种不同类型的植物,其中大部分可为传统中医入药。此外,山中栖息着1728种动物。

呈现在来江西的游客面前的是叹为观止的景色。雾气降临,笼罩峡谷,为群山披上了神秘的面纱,恍惚间群山宛若消失在云间。

景德镇市——瓷都

瓷器——中国最伟大的发明,迄今已有数千年的历史。具体来说,瓷器的故乡在景德镇。直到今天,景德镇仍专注于瓷器生产。这里居住的师傅们把自身的技艺代代相传。景德镇有座著名的古窑历史博物馆,在这里可以了解制造精美瓷器的各个生产流程。

来源：卢旺达《新时代报》
作者：保罗
发布时间：2014年11月19日
链接：http://www.newtimes.co.rw/section/article/2014-11-29/183527/

原文/英文

Today's tourist demands more, we can't afford to give less

Over the past ten months, I have had a rare opportunity to explore China's vast territory. By air, water, road and train, I have criss-crossed this Gargantuan Country and learnt a lot about the nation and its people.

The locals I have shared with about my experiences in China's remotest areas are often positively envious of the amount of ground I have covered in a short spell of time. Well, these are rare opportunities that my job affords me.

Over the past week, I was in East China's Jiangxi Province. For the Chinese, this province, with a population size about four times that of Rwanda, needs no introduction; it was the cradle of the Chinese revolution.

Its capital, Nanchang, was the birthplace of the People's Liberation Army. The imposing Jinggangshan Mountains was China's first revolutionary base.

With a forest cover of about 63 per cent, the province is 'beautiful beyond any singing of it'. It is no wonder, therefore, that it has been selected as the main tourism province in China.

Home to the Tengwang Pavilion (one the famous three pavilions in China), the Huang Ling, a popular destination known as the most beautiful village in China, the Sanqing Mountains with their unique landscape, Jingdezhen, China's home of porcelain and Donglin Temple with the world's tallest Budha statue, Jiangxi Province's experiment on tourism is minting millions.

Last year alone, the province received over 32 million tourists, raking in 16 billion Yuan in tourism receipts. The extent to which tourism promoters here go to make a tourist's experience a memorable one is perhaps one area where Rwanda could learn from.

There is no doubt that Rwanda has taken giant strides toward unlocking its tourism potential. The annual gorilla naming ceremony (Kwita Izina) is now on the world tourism calendar. Tourists have heard the call and responded. In 2013, the country hosted over 1.3 million visitors generating US$294million, according to Rwanda Development Board.

译 文

游客需求越多，我们提供的就要更多

在过去的十个月里，我有幸探索了辽阔的中国大地。乘坐飞机、轮船、汽车和火车，我探寻了这个泱泱大国的四面八方，对这个国家和它的人民有了深入的了解。

通常在和当地人分享我前往中国最偏远地区的体验时，他们都对我在这么短时间内去过那么多地方羡慕不已。这是我的工作带给我的难得机会。

上周，我去了中国江西省。江西省的人口大约是卢旺达人口的四倍。在中国，众人皆知，江西曾是中国革命的摇篮。

中国人民解放军就诞生在江西的省会南昌市。而雄伟壮丽的井冈山是中国第一个农村革命根据地。

江西省森林覆盖率约为63%，"它的美丽无以言表"。因此，无怪乎它被推选为中国的旅游大省。

坐拥滕王阁（中国三大名楼之一）、旅游胜地篁岭（享有"中国最美的乡村"之美誉）、风景独特的三清山、景德镇（世界"瓷都"）和东林寺（寺内建有世界最高的佛像）等旅游景点，江西省的旅游已为其带来数百亿的收益。

仅2013年国庆节黄金周，江西省就接待了3200多万名游客，旅游收入高达160亿元。江西努力为游客打造难忘的旅游体验，其用心程度也许是卢旺达可以借鉴的一点。

毋庸置疑，卢旺达在开发其旅游潜力方面的确取得了巨大的进步。一年一度的大猩猩命名仪式（Kwita Izina）如今已经被纳入全球旅游规划之中。游客们听到动员，纷纷热烈回应。根据卢旺达旅游部统计的数字，2013年，卢旺达接待了130万余名游客，收入达2.94亿美元。

卢旺达有30个区域，我去过其中的28个，以我在中国的旅游经验来看，卢旺达想要继续从旅游市场这块大蛋糕中分得一份相对较大的份额，就必须做出更多努力。

当务之急，卢旺达需要做好各地旅游景点的包装和宣传工作。在当今时代，游客们希望通过各种形式了解他们所参观的景点的信息：如音频介绍、视频介绍和印刷文本介绍。但是卢旺达目前对旅游景点的介绍文件寥寥无几。

在卢旺达，大部分旅游景点的信息

I have been to 28 of the 30 districts of Rwanda and, from my tourism experience in China, Rwanda will have to do more if it is to continue enjoying a relatively big share of the tourism cake.

One area that needs to be addressed is how information about the different tourist attractions is packaged and delivered. In this day and age, tourists need information about places they visit in all forms; audio, video and print. There is little documentation about the touristic spots in the country.

Information is largely delivered through word of mouth and most times the message has been lost in translation. In the many different tourism spots I have visited in China, I have carried home info-packs detailing the history of the places visited in print, video and audio.

Tourists need maps to be able to locate which areas they are visiting. Why is all this important? It is now not uncommon to find most tourists writing blogs, many share their experiences on different social media platforms, so the information provided can actually be used to promote a given tourism site in addition to enriching a tourist's experience.

There is need for more investment in tourism infrastructure and in services that tourists need. Two years ago I explored the Congo Nile trail that took me through the districts of Karongi, Rutsiro and through to Rubavu. It is such beautiful scenery but the lack of decent lodging, poor food, lack of detailed route information and maps was the downside of my five-day trek.

Tourism activities are supposed to be leisure undertakings, a time to relax and enjoy that beauty that nature provides. Most facilities are quick to provide free Wi-Fi connection but what they forget is that this could be the very weapon that will be used against them if they provide a poor service.

When tourists are dissatisfied, they will tell the world about it. It is easier to attract new tourists than it is to get them back, especially if they have had a bad experience. One bad experience can ruin the entire industry.

Tourists who come to Rwanda have perhaps been to other different places. A Chinese tourist enjoying the canopy walk in Nyungwe forest will perhaps have been in a cable car to the top of the Sanqing Mountain. What the tourism mangers in Nyungwe do to make the canopy walk a memorable experience for this tourist is what will make the difference.

In this increasingly competitive sector, Rwanda will have to put its best foot forward to survive and thrive.

都是口头传播，但大多时候，这些信息在翻译过程中都丢失了。我去过很多中国景点，每次都可以带着这些景点的详细宣传资料满载而归，这些资料形式包括印刷文本、视频文件和音频文件。

游客需要通过地图等介绍资料确认其当前的参观位置。为什么这些都很重要？现在十有八九的游客都会在旅游之后撰写博文，很多游客还在不同的社交平台上分享自己的旅游体验。因此，这些景点的介绍资料在丰富游客的旅游体验的同时，还从实质上促进了其宣传推广。

在旅游基础设施和满足游客需求方面，卢旺达需要提供更多投资。两年前，我去刚果尼罗河小道进行了五天的探险旅游，穿过Karongi、Rutsiro并最终抵达Rubavu。沿途风景的确异常美丽，但是食宿条件很差，再加上沿途道路和地图信息不详，让我吃尽了苦头。

旅游理应是一种休闲活动，是一段放松和享受自然美景的时光。很多旅游景点如今都迅速提供了免费的WiFi网络，但是他们却忘了一点：没有良好的服务质量，这恰恰会成为他们砸自己脚的石头。

如果游客不满意，他们会广而告之。吸引游客很容易，但是留住他们很难，当他们的旅游体验很糟糕时尤为如此。一次不愉快的游客体验，也可以毁掉整个旅游行业。

来卢旺达旅游的游客可能去过不同的旅游景点。一名喜欢在纽格威国家公园林冠漫步的中国游客可能已经乘坐缆车到过三清山的峰顶。因此，纽格威国家公园的负责人真正需要做的便是，努力将林冠漫步打造成这名游客难忘的旅游体验。

旅游业竞争日趋激烈，卢旺达必须要做出最大的努力，才能让旅游业立狂澜而不倒并繁荣兴旺起来。

外媒看江西 2014 2015
International media coverage of Jiangxi province

来源：人民网日语频道
作者：岩崎元地
发布时间：2014年11月21日
链接：http://j.people.com.cn/n/2014/1121/c94475-8812282.html

原文/日文

各国記者が江西に集結　その魅力を世界に発信

出席"2014外媒看江西"启动仪式的各国记者

　　江西省委員会宣伝部、江西省観光発展委員会、人民網合同主催による「海外メディアが見る江西2014」大型国際全メディア取材報道活動が14日午後、江西省南昌市で始動した。中国中央テレビ、人民網、中国網、チャイナデイリー等の主な中国メディアの他、アメリカ、フランス、イタリア、スペイン、韓国、ガーナ、セネガル、エジプト、コロンビア等各国の記者約40名が集まり、14日から20日までの1週間に同省の観光名所を巡り、その魅力を世界に向け発信した。

　　江西省は2つの世界地質公園、11の国家級景勝地、8つの国家級自然保護区、4つの世界遺産を含む数多くの観光地と煌びやかな伝統文化を有している。その豊かな観光資源を活かそうと、同省政府は昨年10月に「観光強省」戦略を打ち出し全国にアピールしている。省を挙げての宣伝効果もあって、今年の国慶節に合わせた大型連休だけでも前年同期比30.87％増の延べ3232万人が同省を訪れた。この成長スピードは全国2位で、観光収益は前年比39.37％増の160.32億元（約3040億円）で全国一となった。

　　今回、江西の風光明媚な自然と魅力溢れる文化を広く海外にも紹介すべく、同省委員会宣伝部と同省観光発展委員会が各国のメディアを招き、14日から20日までの日程で、滕王閣、婺源篁嶺、三清山、景徳鎮古窯、真如堂、星子といった省内の観光名所を巡る「海外メディアが見る江西2014」を開催、各国の記者らはそれぞれの視点で取材を行い、その魅力を世界に向け報道した。観光地の国際化を巡って同省担当者とのシンポジウムも各観光地で同時開催された。（岩崎元地）

滕王閣（江西省南昌市）

　　中国江南三大名楼の一つ。唐永徽4年（西暦653年）に建立され、詩人王勃の作品「滕王閣序」によりその名が世に広ま

译文

各国记者汇聚一堂　向世界展示江西魅力

由中共江西省委宣传部、江西省旅游发展委员会、人民网联合举办的"2014外媒看江西"大型国际全媒体采访报道活动于14日下午在江西省南昌市启动。除了中国中央电视台、人民网、中国网、《中国日报》等主要中国媒体外，还有来自美国、法国、意大利、西班牙、韩国、加纳、塞内加尔、埃及、哥伦比亚等国的40多名记者，在14日到20日为期一周的时间内，一同寻访江西省各观光景点，将江西的魅力展现给世界各地。

江西省拥有2个世界地质公园、11个国家级景区、8个国家级自然保护区、4个世界遗产等众多观光地和光辉灿烂的传统文化。为了有效地利用江西省丰富的旅游资源，省政府于2013年10月提出了"旅游强省"的战略，并向全国作了宣传。举全省之力的宣传取得了成效，仅在2014年国庆节长假到江西省旅游的人数就达到了3232万人，与上一年同期相比，增加了30.87％。增长速度位居全国第二，旅游业收入与上一年相比，增加了39.37％，为160.32亿元（约3040亿日元），增速居全国第一。

这次，为了向世界范围介绍江西风光明媚的自然风景和充满魅力的文化，江西省委宣传部和省旅游发展委员会邀请各国的媒体，安排14日到20日，围绕省内观光景点（如滕王阁、婺源篁岭、三清山、景德镇古窑、真如堂、星子县）举办了"2014外媒看江西"活动。各国记者们以各自的视角进行报道，将江西省的魅力展现给了世界各地。同时在各景点，围绕观光地的国际化问题，记者们还与江西省有关部门举办了研讨会。

滕王阁（江西省南昌市）

滕王阁，中国江南三大名楼之一。唐永徽四年（公元653年）建成。因诗人王勃的作品《滕王阁序》而闻名于世。整个建筑物共六层，自下而上摆满了贵重文物，已成为博物馆，同时还配有这些文物的日语介绍。

滕王阁内的壁画（百蝶百花图）

った。建物全体は6階建てで、下から上まで貴重な文物がびっしりと詰まった博物館のようになっている。文物は日本語でも紹介されている。

流传至今的古代娱乐文化表演在滕王阁内进行

滕王阁内的壁画

美丽的婺源梯田

婺源篁嶺（江西省上饒市）

石耳山脈に属する面積約15平方キロメートルの農村地域。美しい棚田と独自の文化で近年観光地として開発、発展を遂げている。村内の家屋はすべて徽式（安徽省式）で、この四季折々の美が広がる「芸術の大地」には一年中画家や写真愛好家が訪れる。色鮮やかな赤や黄色、オレンジといった干し物は、この地域で採れる唐辛子、菊の花、南瓜で、地元の旅館などで振る舞われる料理やお茶に使用される。

婺源観光地責任者の呉向陽氏は、この地を中国一美しい村、世界レベルの観光地に発展させたいと意気込む。同氏は「現段階では日本人観光客はまだまだ少ないが、日本語サービスを含む観光設備の充実化を今後も進める。村人は日本人に対して友好的で、村内に日本側が一部投資してできた日中友好旅館があるほど。ぜひ今後多くの日本人観光客に足を運んでもらいたい」と語った。

三清山（江西省上饒市）

「天下第一仙山」の誉れをもつ山。三清山という名は「三峰峻抜、如三清列坐其巔（三峰（玉京、玉虚、玉華の）三峰）が高く険しく、まるで三清が頂上に座っているかのようだ）に由来する。その景観の秀麗さは唯一無二で、2005年に中国の国土資源部より国家地質公園として認められ、2008年にはユネスコの世界

婺源篁岭（江西省上饶市）

婺源篁岭地属石耳山脉，是占地面积约15平方公里的农村地区。拥有美丽的梯

婺源的民居

切辣椒的村民

田和独特的文化，最近几年，这里作为旅游景点得到了开发和发展。村内的房屋均为徽式（安徽省式）结构，一年当中，都会有画家和摄影爱好者造访这块展现四季美景的"艺术大地"。色彩艳丽的红色、黄色、橘黄色等这些晒干物，是由该地区采摘的辣椒、菊花、南瓜晒干而成的，它们被当地旅馆用来制作菜肴和茶品招待客人。

婺源篁岭负责人吴向阳先生志在将婺源篁岭建设成为中国第一的美丽村庄、世界级的旅游景点。他说："现阶段日本游客还较少，但今后我们将完善日语服务等观光基础设施。村民对日本人很友好。希望今后能有更多的日本游客到此地一游。"

三清山（江西省上饶市）

三清山，具有"天下第一仙山"美誉的名山。取名三清山，是因为"三峰峻拔，如三清列坐其巅"（三峰——玉京、玉虚、玉华）。此处景观无比秀丽，独一无二，2005年被中国国土资源部认定为国家地质公园，2008年收录为联合国教科文组织世界遗产。

遺産に登録された。

景徳鎮古窯（江西省景徳鎮市）

「景徳鎮古窯民俗博覧区」は中国で唯一陶磁器文化をテーマにした国家5A級（最高級）観光地で、国の無形文化遺産の生産、保護基地にも指定されている。園内で働く作業員は、いずれも先祖代々陶磁器工芸の業を受け継ぐ「陶磁器の匠」で、72の景徳鎮陶磁器生産工程のうちの主な7工程を観光客に披露している。

景德镇古窑（江西省景德镇市）

"景德镇古窑民俗博览区"是中国唯一以陶瓷器文化为主题的国家5A级（最高级）景点，还被指定为国家非物质文化遗产的生产和保护基地。在园内工作的人员均为祖祖代代传承陶瓷工艺的"陶瓷匠"，72道景德镇陶瓷器生产工序中，主要的七个工序已呈现给游客。

来源：摩洛哥通讯社
作者：阿卜杜卡里姆·幕府卡
发布时间：2015年12月21日

原文/阿拉伯文

المراسلون الأجانب في الصين يكتشفون مفاتن مقاطعة جيانغشي

جيانغشي-في إطار فعالية "جيانغشي في عيون المراسلين الأجانب 2015"، اكتشف أزيد من 40 صحفيا أجنبيا يعملون في الصين، ما تزخر به المقاطعة الواقعة بجنوب شرق البلاد من مفاتن وإمكانات سياحية هائلة.

وشارك في هذه التظاهرة، التي تنظم كل سنة تحت رعاية شبكة (الشعب) الإعلامية بتعاون مع قسم الدعاية للجنة جيانغشي التابعة للحزب الشيوعي الصيني ولجنة التنمية السياحية للمقاطعة، مراسلون أجانب من القارات الخمس ومن مختلف وسائل الإعلام المعتمدة في الصين.

وركزت الفعالية، التي شملت زيارة أشهر الوجهات السياحية بالمقاطعة، طيلة أسبوع، على التعريف بالإمكانات الثقافية والتاريخية والإيكولوجية التي تتوفر عليها المقاطعة وتمنحها تميزا جماليا، ينضاف لشهرتها التاريخية لكونها مهد الثورة الصينية وموئل الديانة الطاوية.

وقال مساعد رئيس شبكة الشعب، لي شين يو، في كلمة افتتح بها الرحلة التي انطلقت من مدينة نانشانغ، إن الشبكة تهدف من وراء تنظيم هذه التظاهرة إلى "التعريف بجمال الصين بجميع لغات العالم."

وتتميز المقاطعة بطبيعتها الخلابة ونقاء هوائها (الأنقى على صعيد الصين) وحماية بيئتها، مما جعلها تستحق لقب "البيت الأخضر"، الذي يطلق عليها، وتجذب أعدادا كبيرة من عشاق الطبيعة. كما تشتهر بصناعة الخزف وبكونها من أهم روافد العقيدة الطاوية في البلاد.

وتغطي الغابات أكثر من 60 في المائة من إجمالي مساحة المقاطعة، وتحتضن "بحيرة بويانغ"، أكبر بحيرة للمياه العذبة في الصين، إذ تبلغ مساحتها 5100 كيلومتر مربع. كما تعد إحدى أغنى المناطق الزراعية بالصين (أكبر مساحة في العالم لزراعة أشجار البرتقال).

وزار الإعلاميون الأجانب وادي "يون تسي" في جنوب جبل لوهشياوشان بمدينة قانتشو، الذي يضم مختلف أنواع الفواكه البرية، المنتشرة بجنوب شرق آسيا.

وقد ارتبط الوادي باسم حارسه، تشوانغ شي فو، الذي ظل يحلم طيلة حياته بامتلاك بقعة أرضية غابوية لزراعة وحماية كل الفواكه البرية، التي يصادفها.

وتحقق لتشوانغ حلمه سنة 1995، حيث وضع وادي يون تسي تحت تصرفه، ليجعل منه "موطنا

译 文

外媒记者眼中的江西魅力

参加"2015外媒看江西"活动的40余名中外记者对江西全省热门的旅游景点进行了访问。活动期间，大家了解了江西潜在的历史文化和文化名人。

人民网总裁助理、副总编辑李欣玉在启动仪式上说道："人民网组织这次活动的目的是想通过世界语言介绍中国魅力。"

江西风景如画，空气清新，更有"绿房子"吸引了大批的自然爱好者，比较著名的还有制作陶瓷工艺，并且江西也是中国的道教圣地。

江西全省森林覆盖率达到60%以上，拥有中国最大的淡水湖——"鄱阳湖"，其面积达到5100平方公里，也是中国最富裕的农业种植区（世界上橘子树种植最多的地方）。

外国记者瓦迪耶·尤提思参观了赣州"君子谷"，在山上有各种各样的野山果，在东亚地区非常闻名，瓦迪耶·尤提思采访了"君子谷"的创立者庄席福。庄席福告诉他，他的梦想是在山上守护这片土地和野生水果一辈子，他从1995年就在这座山上当守卫人员，使这座山上长满了各种各样的野生水果，而他也准备用一生

لمختلف الفواكه النادرة التي تنبت في البراري"، وكرس له حياته وظل يرعاه ويحرسه، حتى أصبح وجهة سياحية تتمتع بشهرة عالمية، يقصدها الزوار من كل مكان.

وتشتهر مقاطعة جيانغشي أيضا ب"المقبرة الكبرى" الواقعة بمدينة نانتشانغ حاضرة المقاطعة، والتي يعود تاريخها إلى عهد أسرة هان الغربية، قبل 2000 سنة، إضافة إلى المتحف المرتبط بها والذي يعرض الكنوز المكتشفة بها.

وعثر علماء الآثار على أزيد من 10 آلاف قطعة أثرية نفيسة في المقبرة، منذ بدء أعمال التنقيب عام 2011، منها مشغولات ذهبية وبرونزية وأخرى من اليشم (أحجار كريمة تتخذ للزينة وجلب الحظ وغالبا ما تكون ذات لون أخضر) وغيرها.

ومن المعالم التاريخية والثقافية المشهورة بجيانغشي، قرية يانفانغ، إحدى أجمل وأقدم قرى الصين. وتتكون القرية، التي يعود تاريخها إلى أسرتي مينغ وتشينغ الملكيتين، من 102 بناية مازالت محتفظة بكل ملامحها. كما تضم قاعات تاريخية ومدرسة قديمة وبيوت أثرية وبركة مياه ومقابر وغيرها.

ومن أبرز المحطات التي شهدتها الرحلة، حديقة لولينغ الثقافية والبيئية بمدينة جي آن، والتي تضم متحف العادات والتقاليد وبرج "ونشينغ" وقصر "وانشو" وغيرها من الوجهات السياحية المشهورة الأخرى.

كما زار الوفد معبد "جينغ جو" الذي يقع على جبل تشينغيوان بالمدينة، والذي تم تأسيسه في عهد دولة تانغ. ويعد المعبد من أجمل المعابد بالصين لأنه يتكون من مباني ذات طراز معماري فريد. وتضم تشانغشي جبال سان تسينغ التي تعتبر أجمل الجبال الصخرية في الصين وتشتهر باحتضانها للثقافة الطاوية، بل تعد "متحفا معلقا للعمارة الطاوية في العصور الصينية القديمة".

وتؤهل هذه المآثر والمواقع مقاطعة تشانغسي لكي تصبح أول وجهة للسياحة الإيكولوجية والثقافية في الصين. وتضع استراتيجية "تنمية تشانغسي بالسياحة"، التي تم الكشف عنها في أكتوبر العام الماضي، هذا الهدف نصب أعينها، لكونها ترمي إلى جعل الموارد السياحية إحدى الرافعات لتحسين مستوى معيشة الساكنة.

وقد زار المقاطعة، خلال العام الماضي، 38 مليون سائح، وسجل القطاع مداخيل ب36 مليار يوان (الدولار يساوي حوالي 6,2 يوان). ويتوقع أن تصل المداخيل هذه السنة إلى 41 مليار يوان.
(مبعوث الوكالة .. عبد الكريم مفكر)

的时间献给这座山,现在这座山已经远近闻名,许多国内和世界各地的旅客慕名而来。

南昌是江西的省会,有着2000多年的历史。考古学家于2011年开始在这里挖掘西汉海昏侯墓,发现了1万多件珍贵的文物,包括黄金和青铜器以及玉石、宝石等(宝石用来装饰,象征可以带来好运,而且多数是绿色的)。

这里有著名的历史和古文化村落——燕坊村,这个村的历史可以追溯到明清时期,至今还有102座建筑保持着原有的功能,包括历史展馆、学校、池塘、祠堂等,此外这次行程比较突出的景点是庐陵文化生态园,这里也是旅游者热门的目的地。

代表团还参观了青原山的净居寺,这座寺庙始建于唐代,是中国最美丽的寺庙之一,以独特的建筑风格而著称。

在过去的一年中,江西省的旅游人数共达3800万人,营业收入达到了360亿人民币,预计今年营业收入达410亿人民币。

来源：中国中央电视台俄语频道
作者：邹荃、安德烈·费德洛夫、李俊泽
发布时间：2015年12月11日

原文/俄文

Неповторимое очарование провинции Цзянси

«Цзянси глазами иностранных журналистов». Проект под таким названиемсегодня стартовал в городе Наньчан. Организаторами выступили Администрациярегиона и газета «Жэньминь Жибао». Главная цель проекта – рассказать одостижениях провинции в сфере развития туризма и познакомить аудиториюиностранных СМИ с историей и красотой этого удивительного места. За пять дней35 журналистов со всех уголков мира побывают в трех городах и осмотрят десятки достопримечательностей. В составгруппы входят и корреспонденты CCTV-Русский, которые в социальных сетях будут вести дневник об этом путешествии.

译 文

"2015外媒看江西"大型采访报道活动启动啦！

"2015外媒看江西"大型采访报道活动启动啦！来自20多家中外媒体的40余名记者将赴南昌、吉安、赣州等地采风，深入了解江西的风土人情，并通过俄文、英文、日文、韩文、法文、西文、阿文等多个语种，在全球范围内集中推广"江西风景独好"的独特魅力。央视俄语频道的三名记者也参与了此次活动，并将和大家一路分享此行的所见所闻！

记者团一到南昌就开始了工作，乘坐游轮来到赣江上采风拍摄。最吸引人的要数由两岸293栋建筑共同参与的灯光秀了，看着生动的卡通微电影在大楼外墙上展现，大家不禁纷纷点赞叫好。这里的灯光秀已被吉尼斯世界纪录官方认定为目前世

«Цзянси глазами иностранных журналистов». Ночной вид на город Наньчан. Знакомство с провинцией началось с прогулки по реке Ганьцзян. В иллюминационном шоу задействовано 293 здания. Нереально красиво.

«Цзянси глазами иностранных журналистов». Группа посетила музей комплекса захоронений Хайхуньхоу в городе Наньчан. Здесь собраны лучшие из 10000 артефактов, которые археологи обнаружили за почти 5 лет раскопок. Примерный возраст находок - 2000 лет. Специалисты предполагают, что в главной гробнице покоился Лю Хэ - внук императора У династии Хань. В общем, есть что посмотреть!

界上最多建筑参与的固定性灯光秀。

今天记者团来到了江西省博物馆，参观西汉大墓考古发掘成果展。历时近5年时间的抢救发掘，距今已2000多年的南昌西汉海昏侯墓近来备受关注。这里已经出土了金器、青铜器、铁器、玉器、漆木器、纺织品、陶瓷器、竹简、木牍等珍贵文物1万余件，创下了中国考古史上的多个"首次"和"之最"。专家称，南昌西汉海昏侯墓，已经列入了今年国家重大考古项目，其考古价值超过长沙马王堆汉墓。目前，西汉海昏侯墓的发掘还在进行中，也许未来它还将向世人呈现更多的精彩。

来源：拉美通讯社
作者：Damy Arai Vales Vilamajo
发布时间：2015年12月21日
链接：http://www.patrialatina.com.br/jiangxi-terra-chinesa-cheia-de-encantos-e-historia/

原文/葡萄牙文

Jiangxi, terra chinesa cheia de encantos e história

Jiangxi, província chinesa localizada ao sudeste deste país, consegue atrair hoje a atenção de muitas pessoas por sua rica história, sua grande cultura, suas formosas paisagens e seu privilegiado ecossistema.

Bordeando os três principais pólos do desenvolvimento econômico chinês, o delta do rio Yangtsé, o delta do rio Pérola e a orla oeste do estreito de Taiwán, esta zona é distinguida nesta nação como o berço da Revolução.

Segundo contaram seus povoadores à imprensa estrangeira acreditada aqui durante um percurso por esse departamento, a cada montanha dessa zona guarda lembranças dos heroicos acontecimentos que ali tiveram lugar.

Um exemplo é o Levantamento de Nanchang de 1927, na capital dessa província que acolhe a mais de 42 milhões de habitantes e que marcou o início da Revolução.

Também Ruijin, popularmente denominada a capital vermelha, alberga lembranças dos anos em que Mao Tsé Tung e seus seguidores lutaram por instituir as bases de apoio revolucionário do sul de Jiangxi e o oeste de Fujian.

Ao ser origem de antigas civilizações, Jiangxi -com 166.900 quilômetros quadrados- acolhe à cidade de Jizhou, uma cidade que faz gala de sua tradição na cerâmica, considerada a melhor nesta vasta nação.

Jizhou, exibe uma longa história através da exposição de objetos de porcelana de diferentes épocas dos últimos mil anos ao mesmo tempo em que mostra o processo completo de criação de uma peça de porcelana e sua forma tradicional e manual de trabalhar essa arte que se manteve incólume durante séculos.

Se de ecologia trata-se, podemos falar do condado Chongyi de Ganzhou, cidade ao sul desta demarcação, e que resulta um dos lugares com mais valor paisagístico dessa província.

"Gentleman Valley Wild FruitWorld", um dos vales com mais biodiversidade da região subtropical do sul da China, estabelecido em 1995, se erige nas zonas montanhosas do condado Chongyi.

Esse centro inclui a zona

译 文

外媒看江西——富有魅力和历史的中国土地

江西省位于中国东南部，以其丰富的历史、伟大的文化、美丽的风景和优越的生态环境吸引了很多人的注意。

江西省毗邻中国经济发展的三大中心——长江三角洲、珠江三角洲和台湾海峡的西部边缘，它被视为中国革命的摇篮。

旅程期间，据当地居民告诉记者，江西每一座山都有一段发生在那里的革命历史。

其中一个例子是1927年的南昌起义，揭开了中国共产党独立领导武装斗争和创建革命军队的序幕。

还有瑞金，被人们称为"红色故都"，留下了毛泽东及其追随者在赣南和闽西革命根据地战斗多年的红色记忆。

作为古代文明的发源地，江西全省面积16.69万平方公里，吉安市是在瓷器制造界拥有非常悠久历史的一个城市，吉州官窑瓷器被认为是这个幅员辽阔的国家最好的瓷器之一。

吉州，拥有非常悠久的历史，这里的博物馆里，可以欣赏到近一千年以来不同时期的瓷器作品。此外，来到这里，游客还可以了解如何使用传统工艺，这种瓷器

de conservação, o centro de biodiversidade, o vale dos vinhedos e a área de processamento avançado de produtos agrícolas.

Gentleman Valley promove o desenvolvimento de sua comunidade local e ajuda a melhorar a economia a nível familiar da colectividade de agricultores de Chongyi, outra das mostras do plano implementado pelo governo de Jiangxi para avançar no desenvolvimento sustentável da região.

Pese às perspectivas de crescimento econômico, a Administração dessa demarcação defende a preservação do meio ambiente e por isso tem acelerado a construção de um sistema industrial ecológico de baixo carbono, avançando na senda do crescimento econômico sustentável.

A visita a Jiangxi de meios estrangeiros, organizada conjuntamente pelo Escritório de Turismo Provincial de Jiangxi, o Departamento de Propaganda do Partido Comunista nessa localidade e Povo em Linha, abrem outra porta para o conhecimento deste extenso país, cheio de histórias, conhecimento e uma milenária cultura da que muito ainda pode ser falado.

艺术品可以完好保存几个世纪未损坏。

外国记者赶赴江西省南部城市赣州市崇义县，江西省最具生态和景观价值的地区之一。

"君子谷野生水果世界"成立于1995年，坐落在崇义县山区，是中国南部亚热带地区生物品种最多样性的山谷地之一。

该中心拥有生物圈保护中心保护区、生物多样化中心、葡萄园谷地、农产品（包括酒厂、葡萄酒商店、当地食品工厂等）先进加工区。

君子谷有限公司促进了当地的发展，改善了崇义县农民的家庭经济水平，推动了区域的可持续发展。

本次"外媒看江西"大型全媒体采访报道活动是由江西省委宣传部、江西省旅游发展委员会、人民网等单位共同主办，它为了解中国丰富的历史和传统文化知识打开了另一扇门。

来源：今日中国
作者：RAMÓN MARTÍNEZ
发布时间：2016年3月3日
链接：http://www.chinatoday.mx/tour/news/content/2016-03/03/content_714814.htm

原文/西班牙文

Jiangxi, el gran pulmón de China

GANPO Dadi o, lo que es lo mismo, La Gran Tierra del Río Ganjiang y del Lago Poyang. Así es como llaman los chinos a la provincia suroriental de Jiangxi, una región recurrentemente salpicada por la lluvia y torrencialmente bañada por las aguas nerviosas de los afluentes del Yangtsé, los cuales corren caudalosos entre las espectaculares montañas que saltean toda la provincia para amamantar la tierra y cubrirla a su paso de un espeso manto verde, casi selvático. Porque Jiangxi es un vergel, uno de los grandes pulmones de China, con más del 63% de sus casi 167.000 kilómetros cuadrados de territorio cubiertos de bosques y humedales, que hacen de la provincia un paraíso para los amantes de la naturaleza y el deporte al aire libre.

Como sucede en otras muchas regiones del mundo, también en Jiangxi existe una estrecha conexión entre su clima y su gente, dos vasos comunicantes por los que circula agua. Agua suficiente para determinar buena parte de la configuración del tejido económico de la provincia, gran productora de arroz, responsable de las mejores naranjas de toda China y un destino turístico inmejorable para la práctica del rafting. Pero no solo.

Ríos y lagos

Ubicado en el norte de Jiangxi y a unos 500 kilómetros al sur del río Yangtsé, al que nutre, se extiende por una superficie de más de 5.000 kilómetros cuadrados durante la estación lluviosa el lago Poyang. Se trata del mayor lago de agua dulce de China y del mayor humedal de todo el continente asiático. Pero, sobre todo, es también uno de los rincones más atractivos del planeta para cualquier ornitólogo con prismáticos. No en vano, el lago es la residencia temporal de cientos de miles de aves migratorias que cada año hacen escala en sus riberas de camino al sur. La especie que mayor número de individuos aporta a este aquelarre migratorio es la grulla. Tantas llegan a ser, y tanto se aprietan junto a la orilla, que a este espectáculo alado se lo conoce popularmente como la "Segunda Gran Muralla".

Remontando unos 40 kilómetros el río Ganjiang en dirección sur se llega a la capital provincial de Jiangxi: Nanchang, una ciudad de cinco millones de habitantes que parece abrirse como un libro para ceder paso al río, que la divide en dos. Con más de 2.200 años de historia, Nanchang es una ciudad en franca expansión en la que se yerguen a centenares los esqueletos de edificios en construcción que rodean el centro urbano, donde se entrelazan con naturalidad vestigios de un pasado remoto con muestras de rabiosa modernidad.

El Pabellón Tengwang, restaurado en 29 ocasiones, la última de ellas

译 文

江西，中国"肺城"

赣鄱大地，或又指由赣江以及鄱阳湖两者结合组成的这片广阔土地，这是中国人对江西这座东南部省份的美好称谓。江西省为多雨省区之一，降水充沛，水网稠密，经常受雨水和暴雨的侵袭，因长江支流水量丰富而导致的洪涝灾害频发，各支流奔腾散落于省内群山之中，为土壤提供充沛的水份，并为这片土地覆盖了一层厚重的绿毯，群山环绕，绿树成荫，而其中的绝大多数都是未经开发的原始森林。因此江西又被称为中国"花果之乡"，素有中国"肺城"的美誉。江西省的绿化覆盖率高达63%，拥有167,000平方公里的森林和湿地，是自然爱好者及户外体育运动爱好者的天堂。

正如世界上其他地区，江西省的气候条件和人们的生活也存在着紧密的联系，河道运输为人们的通信与交流提供便捷。充沛的雨水构成省内经济发展的重要组成部分，另外这里还是中国重要的大米粮食产地，并生产和供应中国最好的脐橙。这里还是水上漂流运动爱好者的乐园。

河流和湖泊

鄱阳湖，地处江西省北部，距离长江中下游南岸500公里，最终汇入长江。丰

江西美景同样吸引了很多外国游客

水季节浪涌波腾，流域面积达5,000平方公里。鄱阳湖是中国第一大淡水湖，也是亚洲大陆最大的湿地。最重要的是，鄱阳湖还是世界上著名的鸟类栖息地和自然保护区，是鸟类学家用望远镜观察与研究的最佳胜地。毫无疑问，鄱阳湖已成为候鸟钟爱的短暂栖息地，每年成百上千的候鸟在南迁过程中会在这里停留，湖畔峰岭绵延，候鸟翩飞，构成一道独特的风景。其中最大种类的迁徙队伍为白鹤，每年众多白鹤聚集在河岸，场面非常壮观，被称为"中国的第二长城"。

循赣江往上游南行约40公里，将到达江西省省会南昌市：南昌市现有人口五百万人，它就像一本被打开的书本，河流穿梭其间，将这座城市一分为二。南昌距今已经有2200多年的历史，但仍然是一

en 1989, es uno de los principales atractivos arquitectónicos de Nanchang. Fue construido en el año 653, durante la dinastía Tang, y los muros de esta estructura clásica de columnas retintas y casi 30 metros de altura están bañados por las aguas del Ganjiang y rodeados de vanguardistas rascacielos de acero y cristal.

Y, sin embargo, cuando los chinos escuchan el nombre de Nanchang, y por extensión el de Jiangxi, no piensan tanto en su historia milenaria, perfectamente recogida en el Museo Provincial, como en su historia contemporánea. Porque Jiangxi es, entre otras muchas cosas, la cuna de la Revolución. Fue aquí, en la capital, donde el 1 de agosto de 1927, los líderes del Partido Comunista organizaron la sublevación, de ahí que a Nanchang se la conozca como La Cuna del Ejército Popular de Liberación. Otros lugares de la provincia tienen sobrenombres parecidos. A la ciudad de Ruijin se la conoce como La Cuna de la República, a las montañas Jinggangshan como La Cuna de la Revolución China y al distrito de Anyuan como La Cuna del Movimiento Obrero de China. La Nueva China, pues, hunde sus raíces en esta frondosa provincia.

Tierra de letras

Del mismo modo que Mao encontró hace más de 89 años en el paisaje y la historia de Jiangxi la inspiración necesaria para dedicarle a la provincia unos versos que son hoy el orgullo de su gente, otros grandes artistas y pensadores precedieron en sus elogios al Gran Timonel.

De hecho, de los Ocho Grandes Hombres de Letras de las dinastías Tang y Song, tres eran de Jiangxi: Ouyang Xiu, Wang Anshi y Zeng Gong, como también tienen sus orígenes aquí el gran poeta Tao Yuanming (317-420), el reconocido dramaturgo Tang Xianzu (1550-1616), el maestro de la caligrafía Huang Tingjian (1045-1105) o el famoso pintor Fu Baoshi (1904-1965), entre otros.

Una de las figuras culturales más prominentes que ha dado esta provincia es la de Wang Yangming (1472-1529), considerado uno de los cuatro maestros del confucionismo junto al propio Confucio, Mencio y Zhu Xi. En las afueras de la ciudad de Ji'an, ubicada en el centro mismo de la provincia y a los pies de la montaña Qingyuan, las autoridades han restaurado la Academia Yangming, donde se pueden visitar exposiciones de importantes maestros de la caligrafía china. "Si quieres seguir con hambre, permanece idiota", dice uno de los letreros que cuelgan de los muros. Se trata de una frase que el filósofo repetía a sus alumnos para que nunca dejasen de alimentar su curiosidad.

Las huellas del filósofo, curiosamente, se puede rastrear siguiendo el curso de las aguas del Ganjiang, que conducen hasta la milenaria ciudad amurallada de Ganzhou, la mayor de la provincia y el lugar donde convergen todos los tributarios de este afluente del Yangtsé. Como ciudad ribereña, Ganzhou es bulliciosa y alegre y tan boscosa como el resto de Jiangxi. Y es entre tanto follaje que la rodea, concretamente en las cuevas Tongtianyan, donde se recupera el rastro de Wang Yangming. A estas cuevas, consideradas "las primeras curvas del río Yangtsé", solía retirarse el maestro a meditar y en sus muros fue dejando inscripciones todavía legibles hoy.

En el recinto de las cuevas Tongtianyan descansa un buda durmiente no muy lejos del templo Guangfu ni de los dragones y fénix esculpidos en las cuevas. Son solo dos muestras más del sincretismo religioso, filosófico y cultural que se percibe en toda la provincia, cuyas huellas se pueden perseguir siguiendo bajo la lluvia y la espesura el curso de las aguas del Ganjiang, esta vez a favor de la corriente.

座朝气蓬勃发展的城市，以市中心为原点，周边不断建设和兴起许多卫星城，这里自然交织着来自遥远过去的宁静和现代的狂躁。

　　滕王阁，先后共重建达29次之多，最近的一次重建是1989年，它是南昌市主要的建筑景点之一。滕王阁始建于653年的唐朝时期，高达30米的褐色传统结构的高台柱古城墙伫立于赣江边，周围环绕着前卫的玻璃和钢筋结构的摩天大楼。

　　然而，当中国人听到南昌，或者当听到江西这个名字时，首先映入脑海的是它的当代历史，而非它悠久的千年历史，千年历史仅仅是保存在省博物馆里的存在。江西，除了其他诸多方面，最值得一提的是，它是中国革命的摇篮。正是在这里，在省会南昌，1927年8月1日，发动了南昌起义，南昌因此被称为解放军的摇篮。省内其他地方也有类似的称号。瑞金市被称为共和国的摇篮，井冈山被称为中国革命的摇篮，安源区则被称为中国工人运动的摇篮。可以说，在江西省这片绿树成荫的土地上深埋着新中国的根基。

人文江西

　　89年前，毛泽东来到江西，并且在江西的自然风景和悠久历史中得到启发，创作了很多脍炙人口的诗句，至今仍被人们传颂。而在这位伟大领袖之前，已经有很多文人墨客、思想家开始歌颂和赞美江西。

　　事实上，唐宋散文八大家中有三位来自江西，分别是欧阳修、王安石和曾巩，大诗人陶渊明（317—420），著名戏曲家汤显祖（1550—1616），书法家黄庭坚（1145—1105）以及著名画家傅抱石（1904—1965）等祖籍均为江西。

　　江西文人中最突出的代表当属王阳明（1472—1529），他与孔子、孟子和朱熹并称为儒学四大家。在吉安市的郊区，青原山下，当地政府已恢复并重建了阳明书院，在那里你可以参观中国书法研究院组织的书法展览。"求知若饥，虚心若愚"，悬挂在墙壁上的一副书法这样说道。这句话是这位哲学家不断给学生们灌输的，以提醒他们时刻保持求知心。

　　带着好奇心，我们沿着赣江的流向开始追寻这位哲学家的踪迹，一直来到赣州千年古城墙，这里有全省最大的古城墙，也是赣江支流的交汇地。作为江滨城市，赣州和江西省的其他城市一样，繁华、开明，绿树成荫。在绕城的这片绿荫中，更准确地讲，在通天岩石窟风景区，我们找到了王阳明的踪迹。这些洞穴被视为是"长江第一洞窟"，大师于此打坐讲学，留在石洞墙壁上的题刻至今仍清晰可辨。

　　通天岩景区内，距广福禅林和龙凤园不远处，静躺着一座卧佛，它代表着江西省宗教、哲学、文化的大融合，岩壁上的痕迹是雨水和赣江江水冲刷而成。

来源：环球时报
作者：姜洁
发布时间：2016年1月4日
链接：http://www.globaltimes.cn/content/961750.shtml

原文/英文

Trove of ancient artifacts uncovered in home of 'red tourism'

As Chinese archeologists carefully unveil the main coffin from a 2,000-year-old tomb in Nanchang, capital of Central China's Jiangxi Province, a province famous for its "red tourism" is ready to embrace another tourism boom driven by its ancient history.

Widely seen as the source of the best-preserved relics from Western Han Dynasty (206BC-AD25), the tomb of Haihunhou (Marquis of Haihun) was first unearthed in March 2011 when local residents in suburban Nanchang reported the activities of grave-robbers who had dug 14 meters deep into the tomb.

Covering an area of some 40,000 square meters with eight tombs and a chariot burial site and with walls that stretch for almost 900 meters, the tomb and its alleged denizen the Marquis of Haihun have become the focus of national attention.

Researchers are expecting the excavation of the tomb will help identify the Marquis of Haihun, who is thought to be Liu He, grandson of Emperor Wu, a ruler of the Western Han Dynasty. Moreover, the artifacts unearthed may help reconstruct Chinese history, according to observers.

Since excavation began in 2011, more than 20,000 artifacts have been unearthed, including nearly 3,000 wooden tablets and bamboo strips, and a large number of bronze, gold and jade items.

Archaeologists opened the external lid of the 3.4-meter-long and 1.6-meter-wide main coffin in the high-profile tomb on December 20. Gold and jade were found in the space between the inner and external coffin, as well as a piece of lacquerware decorated with gold foil. Archaeologists also discovered a painting of a rosefinch on top of the inner coffin.

Three jade sword ornaments, adorned with gold, were found on the coffin. "The swords may be the last thing that were put into the tomb, as a ritual, when they buried the

译 文

"红色旅游"之乡出土古代文物

随着中国考古学家小心翼翼地打开2000年前的古墓主棺材，以"红色旅游"闻名的中国江西省南昌市因其悠久历史的吸引力，将迎来新一轮旅游热潮。

2011年3月，南昌郊区当地居民举报了一起盗墓事件，盗洞已深14米，至此，海昏侯墓才首次公开于世，并被视为西汉（公元前206年至公元24年）文物保存最为完好的列侯墓葬。

古墓占地约40000平方米，包括8个陵墓和1个车马库以及延伸长度近900米的围墙。该古墓以及墓内主人海昏侯一度成为全国关注的焦点。

研究人员希望此次古墓挖掘能够帮助确认海昏侯的身份——推测为西汉武帝之孙刘贺。此外，据透露，出土的文物可能将重构中国的历史。

自2011年挖掘工作开始以来，已有20000多件文物出土，包括近3000件木牍竹简以及大量铜、金和玉文物。

12月20日，考古学家打开了这个备受瞩目的古墓的主棺材外盖，棺材长3.4米，宽1.6米。内棺和外棺之间安放着金器和玉件，以及饰以金箔的漆器。考古学家还在内棺顶部发现了一幅朱雀图。

棺材上还放着饰以金丝的玉具剑饰物。"埋葬死者时，作为惯例，这些剑可能是放入陵墓的最后物件。"江西省文物研究所所长徐长青说。

考古队领队杨军认为，死者生前佩戴了这些剑，以示对帝王的尊重。

考古学家称，棺内有大量保存完好的文物，正在考虑将棺材移至研究室，开展进一步研究。考古学家将使用氧气设备，在低氧条件下进行研究工作，杨军透露。

目前，已出土378件金器。考古学家称，此次古墓的发现可能超出了许多专家的预测，而古墓内发现的大量黄金也可能有助于解释为什么西汉之后人们就不再使用黄金作为货币，预计当时每年有超过5吨黄金进入中国市场。

专家们向记者透露，所出土的一件孔子雕像和一件可能用于酿酒的器皿或许能够证明中国推崇儒家和酿酒的历史比之前预测的要更加久远。

dead," said Xu Changqing, director of Jiangxi Cultural Relics Institute.

Yang Jun, leader of the excavation team, believes that the swords may have been worn by the dead man when he paid his respects to the emperor.

Archaeologists claim that there are many well-preserved relics inside the coffin and are considering moving the coffin into their laboratory for further research. The work will be conducted in hypoxic conditions by archaeologists using oxygen equipment, Yang told the Xinhua News Agency.

With 378 golden items unearthed so far, archaeologists say that the finds in this tomb may exceed many experts' estimations and the abundance of gold found in the tomb may also help solve the mystery as to why people began to stop using gold as currency after the Western Han Dynasty, when over five tons of gold are estimated to have entered the Chinese market every year, China Economic Net reported.

During an international media tour organized by the Jiangxi government, experts told reporters that an unearthed Confucian statue and a utensil that seems to be a device for wine-making could prove that China has a longer history of Confucian-worshipping and wine-making than previously thought.

Living history

More than 40 reporters from home and abroad joined the tour, which was organized in a bid to promote local tourism. The tour also unveiled another side of the city of Ji'an, which is known for Jinggangshan – the so-called "revolutionary cradle" of the Communist Party of China.

Jingju Temple and the Academy of Wang Yangming in Ji'an demonstrate China's Buddhism and Confucian culture. Wang (1472-1529) was a Neo-Confucian philosopher in the Ming Dynasty. During his stint as the governor of Jiangxi, he also lectured on philosophy that unified knowledge with action.

Reporters also visited the Jizhou kilns, an important site for Chinese ceramics that date back to the Tang Dynasty (618-907), which are still used to make porcelain today.

As a province with some 3 million people struggling under the poverty line, Jiangxi has been promoting its tourism resources in order to give its economy a spur. From January to October of 2015, Jiangxi welcomed 347 million visitors, who brought in revenue of more than 298 billion yuan, a year-on-year increase of 23 percent and of 37 percent respectively, according to Ding Xiaoqun, director of provincial tourism commission.

考古学家向记者展示2000年前的海昏侯墓黄金文物

历史再现

此次旅游活动的举办旨在促进当地旅游业的发展，吸引了40多名国内外记者参加。吉安市因井冈山——"中国革命的摇篮"——而声名远播，此次旅游活动也向人们展示了吉安市的另一面。

吉安市的净居寺和王阳明书院代表了中国的佛教和儒家文化。王阳明（1472—1529）是明朝的一位新儒家哲学家。王阳明在江西边做官边讲学，宣扬"知行合一"的哲学。

记者团还参观了吉州窑。中国陶瓷可追溯至唐朝（618—907）时期，吉州窑便是中国陶瓷的一个重要产区，现在这里仍在制作瓷器。

江西省内有大约300万人口在贫困线以下，因此江西一直在推进旅游业发展，为经济带来重要增长动力。江西省旅游发展委员会主任丁晓群表示，2015年1月至2015年10月期间，江西共迎接3.47亿游客，实现收入2980亿元，同比增长率分别为23%和37%。

外媒看江西 | 2014 2015
International media coverage of Jiangxi province

来源：人民网英文频道
作者：马晓春
发布时间：2015年12月12日
链接：http://en.people.cn/n/2015/1212/c98649-8989648.html

原文/英文

International media tour to Jiangxi kicks off

"2015外媒看江西"启动仪式现场。

More than 40 journalists from home and abroad are invited to a media tour to east China's Jiangxi province which starts from Dec.10 and ends on Dec.14.

The activity, organized by the publicity department of the Jiangxi Provincial Party Committee, Jiangxi Provincial Commission of Tourism Development and People's Daily Online is expected to promote the rich tourism resources Jiangxi Province.

Jiangxi has seen sound development in tourism with remarkable growth in tourism revenues. During the period from January to October of 2015, Jiangxi welcomed 347 million tourists bringing in revenues of more than 298 billion yuan, registering a year-on-year increase of 23.17 percent and of 37.16 percent respectively, said Ding Xiaoqun, Director of the Jiangxi Provincial Commission of Tourism Development.

Our government will try their best to protect our mountains and water from pollution and the good ecological environment is the trump card of our province, Yao Yaping, head of the Jiangxi Provincial Publicity Department, said at a press conference.

Jiangxi is home to four World Geoparks, one wetland of international importance, eight National AAAAA-class tourist attractions and 14 national scenic spots.

译 文

"外媒看江西"大型采访报道活动启动

12月10日—14日，40多名国内外记者受邀参加"2015外媒看江西"采访报道活动。

为助力江西开发其丰富的旅游资源，江西省委宣传部、江西省旅游发展委员会及人民网等单位主办了此次活动。

江西省旅游发展委员会主任丁晓群表示，江西旅游业发展良好，旅游收入增长显著。2015年1月至2015年10月，江西共迎接3.47亿游客，实现收入2980亿元，同比增长率分别为23%和37%。

启动仪式上，江西省委常委、省委宣传部部长姚亚平称，江西省政府将不遗余力保护江西的山水资源不受污染，良好的生态环境才是江西的王牌。

目前，江西建有4个世界地质公园、1个国家湿地公园、8个国家5A级观光胜地以及14个国家级旅游景点。

外国记者Mauro Adriano Santos Marques在发布会挥舞着"2015年外媒看江西"旗帜。

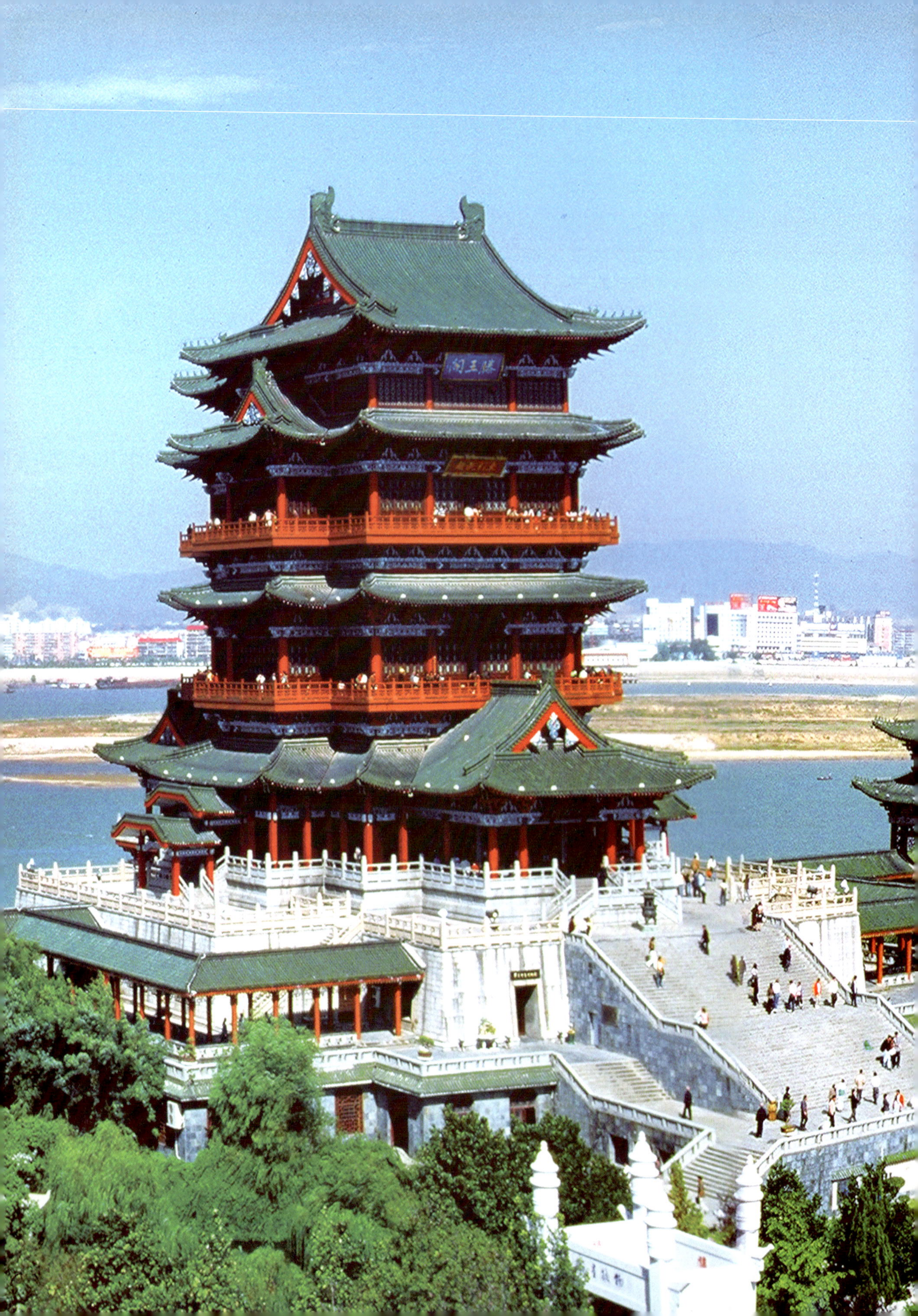

第一站　First stop:Nanchang
南昌

来源：人民网德国频道
作者：米琳、何昕
发布时间：2014年11月25日
链接：http://german.people.com.cn/n/2014/1125/c310707-8813930.html

原文/德文

Einzigartiges Jiangxi: Tengwang Pavillon

Der Tengwang Pavillon an den Ufern des Ganjiang-Flusses ist Nanchangs bekannteste Sehenswürdigkeit. Heute kennt in China jedes Kind den Pavillon, der vor fast 1500 Jahrend während der Tang-Dynastie gebaut wurde. Der Grund ist weder sein Erbauer, der jüngere Bruder von Kaiser Taizong, noch die wunderschöne Lage am Fluss. Vielmehr müssen alle Kinder während ihrer Schullaufbahn ein Gedicht von Wang Bo auswendig lernen, in dem der Tengwang Pavillon eine wichtige Rolle spielt.

Die meisten vergessen das Gedicht wieder, kaum wurden sie darüber geprüft. Wer aber bei einem Besuch des Tengwang Pavillons das komplette Gedicht auswendig rezitieren kann, wird mit einem Gratiseintritt belohnt.

Besucher, die ganz zuoberst auf dem sechsstöckigen Gebäude stehen, werden beim Ausblick auf die weite Landschaft an Wang Bos Vers erinnert: "Rötliche Wolken und einsame Gänse fliegen zusammen dem Sonnenuntergang entgegen, Wasser und Himmel scheinen im Herbstlicht zusammenzufließen."

独特的江西：滕王阁

译 文

独特的江西：滕王阁

　　滕王阁位于赣江之畔，是南昌最有名的地标性景观。今天中国的每一个孩子都知道这个始建于1500年前的唐代楼阁。究其原因，既不是它的建造者——唐太宗的弟弟，亦不是其美丽的河畔风景，而是因为所有的孩子们在其读书生涯中，必须背诵一篇王勃的作品《滕王阁序》。那些能够完整背诵的游客，就可以免费入场参观滕王阁。

　　当游客们在顶楼远眺浩瀚景色时，又常常会想到王勃的著名文句："落霞与孤鹜齐飞，秋水共长天一色。"

滕王阁的音乐和舞蹈演出

灯光点缀下的滕王阁

外媒看江西 | 2014 2015
International media coverage of Jiangxi province

来源：中国网法语
作者：王罗杰
发布时间：2014年11月16日
链接：http://french.china.org.cn/travel/txt/2014-11/16/content_34063879.htm

原文/法文

Jiangxi : le charme d'un pavillon antique sous l'objectif des journalistes étrangers

11月15日，四十多位外国记者抵达南昌市，游览了主要文化景点，其中有著名的滕王阁

Le 15 novembre, une trentaine de journalistes étrangers ont découvert la ville de Nanchang et ses principaux attraits culturels, dont le célèbre pavillon du Prince Teng (Tengwang Ge).

Capitale de la province du Jiangxi (sud-ouest), Nanchang est traversée par la rivière Gan, affluent du fleuve Yangzi, ce qui lui confère le rôle de «pont» entre le nord et le sud du pays. C'est une ville à la fois reposante et animée, idéale pour quiconque désire fuir la cohue des grandes métropoles chinoises.

Le pavillon du Prince Teng se situe sur la rive est de la rivière Gan et offre, du haut de ses six étages accessibles au public, une vue imprenable sur la ville. Il fut construit pour la première fois en 653, puis détruit à plusieurs reprises. Sa dernière reconstruction remonte à 1989.

Grâce à son style architectural hérité de la dynastie des Song, à ses nombreuses fresques intérieures et à sa taille hors norme, le pavillon du Prince Teng est considéré comme un des plus beaux bâtiments du genre dans le pays.

Afin de promouvoir le développement du tourisme local, le gouvernement de la province du Jiangxi a invité une trentaine de journalistes de nationalité étrangère à visiter quelques-uns de ses hauts lieux touristiques.

外国记者在滕王阁与参观的学生交谈

> 译 文

江西省：外国记者视角下古色古香的阁楼魅力

江西省（中国东南部）省会是南昌市，长江支流赣江流经这座城市，使其成为连接中国南北的一座桥梁。这是一座闲适却又不乏活力的城市，是渴望逃离大城市喧嚣的理想之地。

滕王阁位于赣江东岸，共六层可供游客参观。登至顶层，视野辽阔，可以瞭望整座城市。滕王阁始建于653年，后曾多次遭到破坏，屡毁屡建。最后一次重建是在1989年。

具有宋朝的建筑风格，室内众多的非凡壁画使滕王阁成为中国最负盛名的名楼之一。

为了推广当地旅游业的发展，江西省政府邀请了40多位外国记者参观本省的主要旅游景点。

外媒看江西 2014 2015
International media coverage of Jiangxi province

来源：人民网英文频道
作者：张茜
发布时间：2014年11月16日
链接：http://en.people.cn/n/2014/1116/c205040-8809624.html

原文/英文

The Pavilion of Prince Teng: In the eyes of foreigners

The Pavilion of Prince Teng was first built in 653 AD, by Li Yuanying, the younger brother of Emperor Taizong and uncle of Emperor Gaozong of Tang. Li Yuanying was enfeoffed as Prince Teng in 639 and spent his early years in Suzhou. In 652 he was assigned the governorship of Nanchang where the pavilion served as his townhouse. The Pavilion of Prince Teng is the only existing royal architecture in southern China. Twenty years later, the building was rebuilt by the new governor. Upon its completion, a group of local intelligentsia gathered to compose prose and poetry about the building. The most famous of these is the Preface to the Pavilion of Prince Teng by Wang Bo. This piece made the Pavilion of Prince Teng a household name in China down to the present day.

In 2013, Jiangxi province launched the promotional campaign to attract more tourists during the golden week. Visitors who can recite the entire masterpiece within 10 minutes are given free admission.

Along with the Tengwang Pavilion and the Yellow Crane Tower, Yueyang Tower is one of the "Three Great Towers" of China.

外国友人在滕王阁上拍江景（1）

外国友人在滕王阁上拍江景（2）

译文

外国友人眼中的滕王阁

　　滕王阁始建于公元653年，由唐太宗之弟、唐高宗之叔李元婴所建。公元639年，李元婴受封为滕王，初期在苏州任职。公元652年，其转任洪州（今南昌）都督，并将此阁作为办公处所。滕王阁是中国南方现存唯一一座皇家建筑。20年后，新任都督重新修建了这一阁楼。竣工之日，当地很多文人雅士集聚一堂，为其抒情赋诗，其中最脍炙人口的篇章莫过于王勃的《滕王阁序》，正是它让滕王阁广为人知并流芳百世。

　　2013年，江西省在"五一黄金周"启动了滕王阁的宣传活动，旨在吸引更多游客前来参观。游客如能在10分钟之内完整地背出《滕王阁序》这一名篇则可免费参观。

　　滕王阁与黄鹤楼、岳阳楼并称中国"江南三大名楼"。

外国友人滕王阁上与游客合影留念

来源：中国日报网
作者：蒋婉娟
发布时间：2014年11月16日
链接：http://www.chinadaily.com.cn/travel/2014-11/16/content_18922859.htm

原文/英文

Splendid Tengwang Pavilion of Jiangxi province

Long and rich history endows Nanchang with many cultural relics, among which is the Tengwang Pavilion that every resident of the city is proud of.

Located in the northwest of Nanchang, capital city of East China's Jiangxi province, Tengwang Pavilion (The Pavilion of Prince Teng) is one of the Three Great Pavilions of China. The other two are Wuhan's Yellow Crane Tower in Hubei province and Yueyang Pavilion in Hunan province.

Tengwang Pavilion rose to fame out of "A Eulogy to Tengwang Pavilion", a classic poem by Tang Dynasty (AD 618-907) poet Wang Bo, after he was hosted a grand banquet there.

Standing 57.5 meters tall, the nine-story architecture was named after Li Yuanying, the younger brother of Tang Dynasty Emperor Taizong, about 1,400 years ago. Although the pavilion has been destroyed and rebuilt many times over its history, its unique charm and magnificence have been kept.

A theater was constructed inside the pavilion in the 1980s to stage musical performances that give visitors a taste of the once glamorous royal lifestyle.

译 文

壮哉，江西滕王阁！

鸟瞰滕王阁

南昌历史悠久而丰富，拥有众多文化遗迹，其中滕王阁最为当地居民称道自豪。

滕王阁坐落在江西省南昌市的西北部，与湖北武汉黄鹤楼、湖南岳阳楼并称为中国"江南三大名楼"。

唐朝（618—907）诗人王勃在盛宴上留下名篇《滕王阁序》，让滕王阁天下闻名，流芳百世。

滕王阁始建于约1400年前，高达57.5米，共有九层，因唐太宗之弟李元婴的滕王封号而得名。尽管在漫长的历史中，滕王阁命途多舛，历经多次废兴，但其独特的魅力和恢弘气势却丝毫不减当年。

20世纪80年代，滕王阁内部建造了一个仿古演出厅，对外进行音乐演出，游客因此有机会领略到它昔日气势恢弘的皇家风范。

外媒看江西 | 2014 2015
International media coverage of Jiangxi province

来源：人民网阿拉伯语频道
作者：刘古月
发布时间：2015年12月12日
链接：http://arabic.people.com.cn/n/2015/1212/c31656-8989577.html

原文/阿拉伯文

سبر أغوار كنوز المقبرة الكبرى لأسرة هان الغربية في جيانغشي

/صحيفة الشعب اليومية أونلاين/ December 12, 2015 ,10:18

11 ديسمبر 2015 /صحيفة الشعب اليومية أونلاين/ تعتبر المقبرة الكبرى التي تعود لعهد أسرة هان الغربية واحدة من عشرة معالم ثقافية تشتهر بها مدينة نانتشانغ حاضرة مقاطعة جيانغشي بشرق الصين، كما تعد أولى محطات النشاط الإعلامي "جيانغشى في عيون المراسلين الأجانب لعام 2015" الذي تنظمه شبكة الشعب. وزار الوفد الإعلامي الذي يضم أكثر من 40 مراسلا أجنبيا معرض الانجازات لاستكشافات كنوز مقبرة أسرة هان الغربية في يوم 11 ديسمبر الحالي.

译 文

江西西汉大墓宝藏的探索

中国东部的江西省南昌市被称为十大文化名城之一，这里发现的古代大墓可以追溯到西汉王朝，由人民网主办的"2015外媒看江西"的第一站就是南昌，12月11日，40余名外媒记者对西汉大墓的宝藏探索成就进行了参观。

这座西汉大墓位于江西省新建县大塘坪观西村墎墩山，考古学家预测这座大墓应该拥有2000多年的历史，据讲解介绍，此大墓发掘于2011年，已出土了1万多件珍贵文物，包括大量的黄金、青铜器、铁器

وتقع المقبرة في جبل قوهقوهشان بمدينة نانتشانغ، ويرى خبراء آثار أن تاريخها يرجع إلى أسرة هان الغربية الملكية قبل أكثر من 2000 عام. وأشارت معلومات المركز الإعلامي لأعمال استكشاف المقبرة، إلى العثور على أكثر من 10 ألف قطعة أثرية نفيسة منذ بدء أعمال التنقيب في عام 2011، منها مشغولات ذهب وبرونز وأخرى من الحديد إضافة إلى اليشم وغيرها. ويعتقد خبراء أن المقبرة المكتشفة هي الأكبر مساحة لعهد أسرة هان الغربية وأفضلها احتفاظا بمحتوياتها، وكذلك الأكثر من حيث عدد القطع النفيسة المكتشفة، وتعد تراثا تاريخيا وثقافيا وطنيا مهما.

وتبلغ مساحة المعرض نحو 700 متر مربع، ويضم مصباح يانيو وعملات قديمة ويشم وغيرها من 120 قطعة من الآثار الثقافية القديمة. وقال حسام المغربي الخبير المصري من موقع /شبكة الصين/ الاخباري إن المعرض يقدم وليمة بصرية لزواره، حيث يأخذهم في جولة للتعرف على تاريخ المدينة الثقافي من خلال محتوياته التي تعكس ثراء الحياة الثقافية في الصين. مضيفا أن عدد الزوار الكبير يعكس اهتمام الصينيين بالتعرف على تاريخهم وطبيعة حياة الأسلاف.

与玉器珠宝，专家认为这是迄今发现的保存最完整、发掘文物最多的西汉大墓，这些发掘的文物都是国家重要的历史和文化遗产。

该展馆占地总面积为700平方米，展出的文物有油灯、古钱币、玉器珠宝等超过120件文物，埃及专家哈撒母•马哈利布先生说："通过中国网站为游客提供了视觉盛宴，通过参观更能深入地了解到中国古代的生活与传统文化习惯，更能反映出中国古代丰富多彩的文化历史"，他补充道："通过参观使游客认识到了中国祖先的生活和历史以及文化与习惯。"

外媒看江西 2014 2015
International media coverage of Jiangxi province

来源：中国网
作者：哈萨姆·马哈利比亚
发布时间：2016年1月6日
链接：http://arabic.china.org.cn/photos/txt/2016-01-06/content_37465181.htm

原文/阿拉伯文

حلم الصين المُضيء.. رحلة ليلية على نهر قانجيانغ

حاضرة مقاطعة جيانغشي شرق الصين ومعالمها المضيئة، حيث تمر رحلات نهرية ليلية ببطئ يسمح للزوار بالتمتع بواجهة مدينة نانتشانغ تاريخية على ضفتي نهر قانجيانغ. 6 يناير 2016 /شبكة الصين/ تنطلق السفينة بمناظر طبيعية وعمران ومواقع

72

译 文

闪耀的中国梦——赣江两岸的灯光秀

行程在赣江夜晚慢慢起航,游客感受着位于中国东部江西省的这颗明珠——南昌,游船慢慢划过赣江两岸,让游客感受和欣赏到河两岸的历史和文化景观。

用灯光元素为游客提供了一场视觉盛宴,并展示了这座东方之城的未来发展愿景。同时通过音响讲述着这座城市的发展现状和这座城市的发展故

外媒看江西 2014 2015
International media coverage of Jiangxi province

ويعد عرض الضوء جزءا رئيسيا من برنامج الرحلة التي تستغرق قرابة الساعة، وتقدم للزوار وليمة بصرية على شاشات عملاقة متزامنة تغطي واجهات البنايات على طول ضفتي النهر، لعرض أصالة الماضي العريق للمدينة والحداثة التي تعيشها ومستقبل التنمية المشرق الذي ينتظرها. وعبر مكبرات الصوت تروي المرشدة السياحية قصة المدينة التي جرت على النهر وضفافه وحكاية حلم طفل في رحلة عبر الزمان والمكان حول قارات العالم، تجسد المفهوم الحقيقي للحلم الصيني الذي لا يهدف فقط إلى حياة أفضل للمواطنين الصينيين، ولكنه يرمي أيضا إلى تحقيق السلام والتنمية والتعاون والمنفعة المتبادلة مع جميع دول العالم ومساعدتها على تحقيق حلمها الخاص.

ويعد برج تنغوانغ بأضوائه المتلألئة، أحد أهم المحطات السياحية التي يمكن الاستماع بها خلال رحلة نهر قانجيانغ. وكان البرج الشهير قد شيد في عهد أسرة تانغ الملكية الصينية عام 653، وأعيد ترميمه وصيانته بشكل كامل في عام 1989 ضمن البرنامج الوطني للحفاظ على الآثار التاريخية. ويتجاوز ارتفاع البرج المكون من تسعة طوابق 57 مترا، ويعتبر أحد الأبراج الثلاثة القديمة الشهيرة في جنوب الصين مع برج يويانغ في مقاطعة هونان وبرج هوانغخه في مقاطعة هوبي.

يمكنكم مشاركتنا بتعليقاتكم عبر فيسبوك و تويتر

74

事。在沿河的屏幕中，有一个孩子穿越时间和地点向全世界人民讲述中国梦的故事，这代表的不仅是中国人的梦想，更体现出中国人对美好生活的追求和向往，同时也旨在与世界上所有国家实现和平、发展、合作、互惠互利，并帮助他们实现自己的梦想。

滕王阁熠熠生辉，人们可以通过旅行来到这个著名的景点，并欣赏它迷人的历史和文化魅力。滕王阁始建于唐王朝公元653年，之后进行了数次修复，但都保留了原有的建筑风貌。该楼共有九层57米，与位于中国南方的湖南岳阳楼和湖北的黄鹤楼一起被称为中国著名的江南三大名楼。

来源：人民网法语频道
作者：Yin GAO, Guangqi CUI
发布时间：2015年12月12日
链接：http://french.peopledaily.com.cn/Culture/n/2015/1212/c31358-8989739.html

原文/法文

Archéologie : la vie d'antan d'un marquis chinois d'il y a 2000 ans

"当卢"，一种中国古代贵族用于装饰马头的雕刻铜板。

A quoi ressemblait la vie quotidienne des nobles chinois de l'antiquité? Un certain nombre d'objets issus du tombeau du marquis de Haihun, un aristocrate de la dynastie des Han de l'Ouest (202 avant JC - 8 avant JC), sont depuis peu exposés dans la ville de Nanchang, dans le Musée de la province du Jiangxi (sud-ouest de la Chine).

La capitale de la principauté de Haihun fut construite en 63 avant JC; sa surface atteignit 3,6 km, avec une zone d'1,6 km destinée aux sépultures des familles royales. Le tombeau du marquis se trouve aujourd'hui à une heure de voiture de Nanchang, la capitale de la

海昏侯墓穴发现大量的铜钱，使考古学家对中国货币的诞生有了更进一步的认识。

| 译 文

考古：2000年前海昏侯的日常生活

中国古代贵族的日常生活是怎么样的呢？江西（中国东南部）省博物馆以及南昌市展出了西汉（公元前202年—公元8年）海昏侯墓的部分陪葬品，我们前往一窥究竟。

海昏侯国宫殿修建于公元前63年；面积达3.6公顷，此外还有1.6公顷皇族专用墓地。海昏侯墓距离江西省省会南昌市有一个小时的车程。

发掘了大量公元前59年左右生产的砖块、瓦片以及其他祭祀建筑物子遗。上图为公元前59年的物件。

海昏侯藏品之一二："提梁卣"为圆提手铜壶；"缶"为古代乐器的一种。

两盏青铜雁鱼灯。独特性在于管中含乳香。灯亮，则香飘四溢。

province du Jiangxi.

Dans l'exposition, nous trouvons notamment des «Danglu», une sorte de plaques en cuivre sculptées servant à décorer la tête des chevaux des nobles chinois. Sur ces plaques on perçoit des motifs de tortue, de tigre blanc, de dragon bleu et d'oiseau vermillon: les symboles du pouvoir dans l'ancienne Chine.

Le marquis de Haihun semblait apprécier ce qu'on appelle aujourd'hui la «fondue chinoise»: d'anciens modèles ont été découverts parmi d'autres ustensiles de cuisine. On trouve également des lampes d'une fabrication délicate, conçues pour brûler de l'encens. Ces objets démontrent le statut social élevé de leur propriétaire.

Le tombeau du marquis de Haihun est aussi un des sites archéologiques les plus grands et les mieux conservés de Chine.

海昏侯使用的铜火锅。

西汉达人显贵间盛行的小型"博山"香炉,乃当时社会地位的象征之一。

展览中,我们找到了"当卢",雕花铜板,当卢是中国古代贵族装饰马头部的饰件之一。当卢中乌龟、白虎、青龙和朱雀图像栩栩如生:这些都是中国古代权力的象征。

海昏侯看似非常喜欢现称之为"中国火锅"的器皿,在众多的陪葬厨具中我们发现了古老的火锅。我们还发现了制作精美的用于焚香的炉具。这些陪葬品都昭示着墓主高贵的社会地位。

海昏侯墓是中国最大保存最完整的考古遗址之一。

青铜连枝灯。在中国古代,皇帝使用九枝灯,而王子和侯爵则只能使用五枝灯。

来源：人民网法语频道
作者：Yin GAO, Guangqi CUI
发布时间：2015年12月11日
链接：http://french.peopledaily.com.cn/Tourisme/n/2015/1211/c31361-8989203.html

原文/法文

Nanchang : une ville chinoise des lumières

Nanchang, la capitale de la province du Jiangxi, deviendra-elle une ville des lumières comme Lyon en France?

Avec une rivière immense qui traverse le centre de la ville, le bureau du tourisme a conçu un projet spectaculaire consistant à illuminer des architectures d'une manière variante tout au long des deux bords de la rivière.

Photos: vues impressionnantes depuis la rivière de Gan qui traverse le centre de la ville de Nanchang, la capitale de la province du Jiangxi (sud-est de la Chine).

译 文

南昌：中国光之城

南昌，江西省省会，是否将会像法国里昂一样成为光之城？

一条大河穿城而过，旅游局因地制宜，沿河两岸，建筑熠熠生辉，灯光变幻莫测。

照片：赣江夜景，流经江西省（中国东南部）省会南昌市中心

外媒看江西 | 2014　2015
International media coverage of Jiangxi province

来源：人民网日语频道
作者：岩崎元地
发布时间：2015年12月14日
链接：http://j.people.com.cn/n/2015/1214/c94475-8989850.html

原文/日文

外国メディア記者が江西博物館「南昌西漢大墓展」を見学

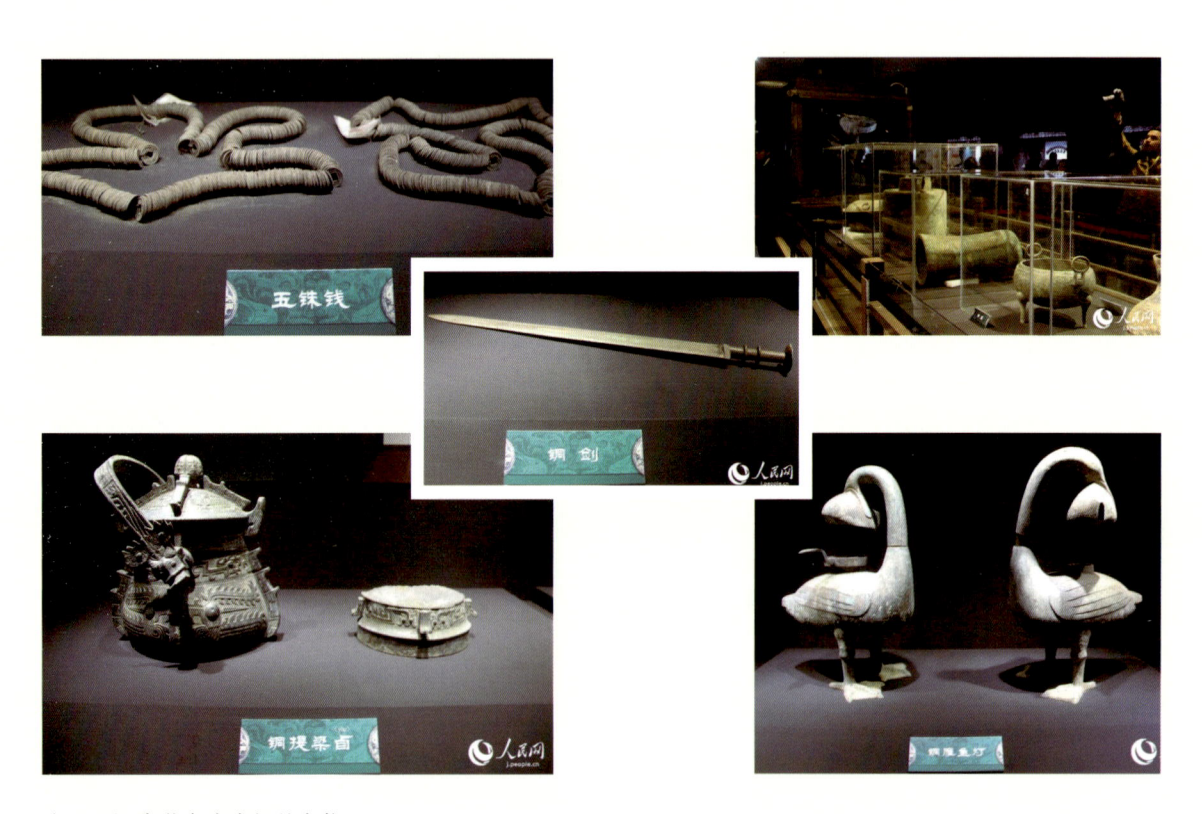

南昌西汉大墓考古发掘的文物

　「海外メディアが見る江西2015」に参加する40名の記者団は11日、江西省南昌市内に位置する江西省博物館を訪問、現在開催されている「南昌西漢大墓考古発掘展」を見学した。

　「西漢海昏侯墓園」は海昏侯と侯夫人の墓を核心とする大小9つの墓と馬車の副葬跡からなっており、2011年に発見された。今日までに1万点余りの文物が発掘されており、その文物から西漢時代の貴族の生活を再現することができ、歴史

译 文

外媒记者参观南昌西汉大墓考古发掘成果展

11日，参加"2015外媒看江西"活动的40多名记者来到位于江西省南昌市的江西省博物馆，参观了正在举办的南昌西汉大墓考古发掘成果展。

2011年发现的西汉海昏侯墓园以海昏侯和侯夫人墓为中心，由大小九个墓地和马车等陪葬品构成。至今为止，共出土文物1万余件。文物再现了西汉时代的贵族生活，具有极高的历史价值和艺术价值。

南昌西汉大墓考古发掘成果展主要展示了海昏侯墓园出土的

接受当地媒体采访的外媒记者

的価値と芸術的価値が非常に高い。

　「南昌西漢大墓展」では主に海昏侯墓園の代表的文物である青銅器や陶器、玉器113点が展示されている。スペインEFE通信の記者は、「数千年という歴史ある貴重な文物が今でもこれだけ数多く発掘されていることに驚きを隠せない」と語りながら、中華文明が生み出した美しい芸術品の数々に熱心に見入っていた。

記者在给文物拍照

外媒记者正在做采访记录。

青铜器、陶器及玉器等120多件具有代表性的文物。西班牙艾菲通讯社（EFE）记者被中华文明创造出的众多精美艺术品深深地吸引，感叹道："现在还能发掘出如此众多拥有数千年历史的瑰宝，真令人惊叹。"

江西文物考古所所长徐长青为记者们介绍文物发掘成果

博物馆工作人员在为外媒记者们讲解

外媒看江西 | 2014 2015
International media coverage of Jiangxi province

来源：人民网日语频道
作者：岩崎元地
发布时间：2015年12月13日
链接：http://j.people.com.cn/n/2015/1213/c94475-8989744.html

原文/日文

海外メディアが見る江西—滕王閣の夜景

滕王阁夜景

中国江南三大名楼の一つ。唐永徽4年（西暦653年）に建立され、詩人王勃の作品「滕王閣序」によりその名が世に広まった。夜はすぐ側を流れる贛（カン）江の船からライトアップされた外観を眺めるのが地元ガイドのオススメだ。両岸のビル群一面を使ったギネス世界記録にも認定される大型イルミネーションパも壮大で美しい。

中共江西省委員会宣伝部、人民日報人民網、江西省観光発展委員会、江西省外事僑務弁公室共催の「海外メディアが見る江西 2015」大型国際報道活動が10日に始動し、14日までの期間中に江西省の南昌、吉安、贛州といった地域を巡り、自然生態公園や民俗博物館、歴史ある書院などディープな江西が伝えられる。

译文

外媒看江西——滕王阁夜景

滕王阁始建于唐代永徽四年（653），是中国江南三大名楼之一，因诗人王勃的《滕王阁序》而闻名于世。夜晚，乘船游览紧邻滕王阁的赣江，观赏两岸的灯光秀是当地导游首推的观光项目。两岸林立的楼群上壮美的大型彩灯获得世界吉尼斯记录认证。

2015年12月10日，由江西省委宣传部、人民日报社人民网、江西省旅游发展委员会、江西省外事侨务办公室共同举办的"2015外媒看江西"大型国际全媒体采访报道活动正式启动。在为期五天的行程里，记者团赴南昌、吉安、赣州等地采访采风，深度报道江西自然生态公园、民俗博物馆以及历史书院等自然景观和风土人情。

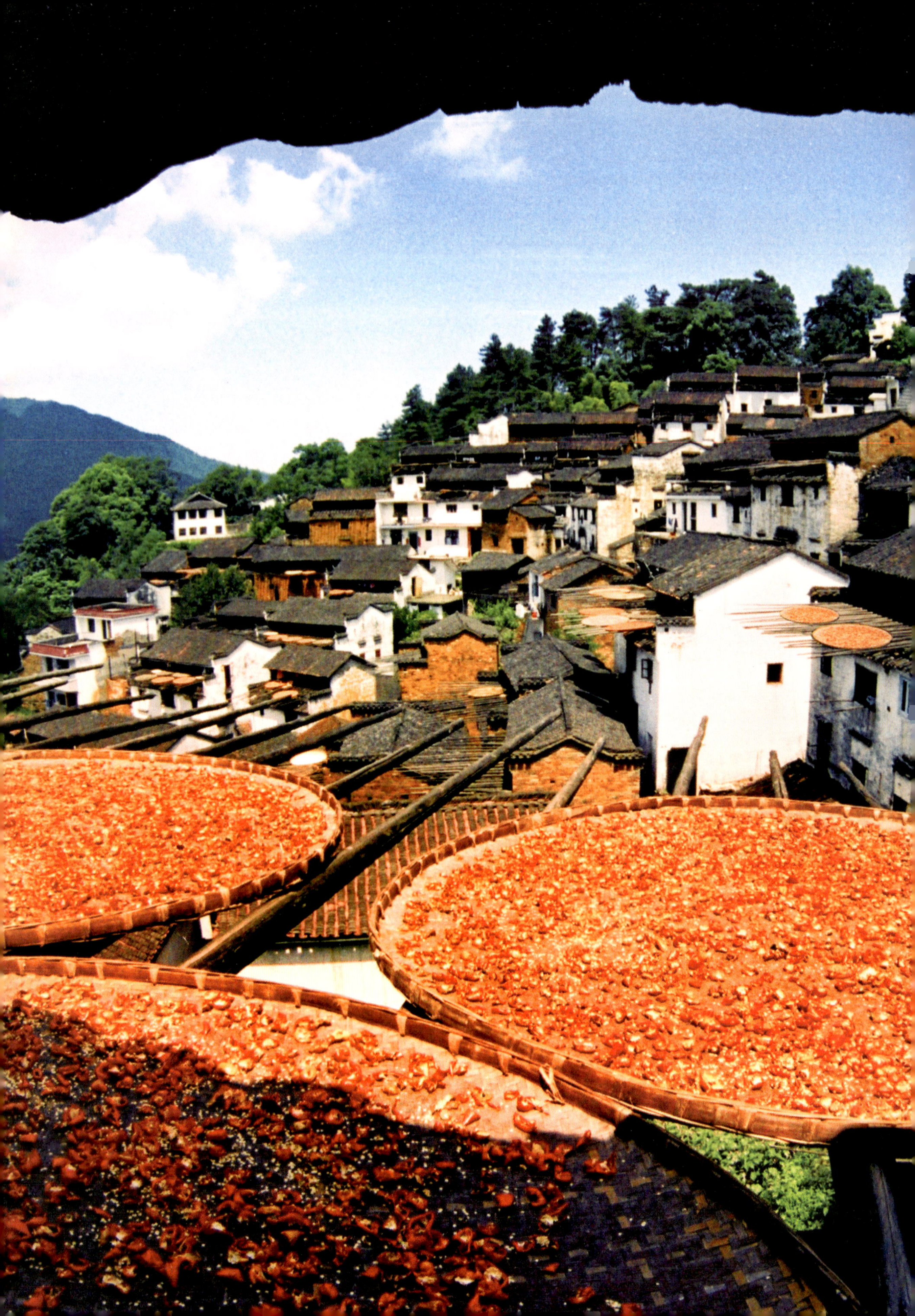

第二站　Second stop:Shangrao

上饶

来源：人民网阿拉伯语频道
作者：曾书柔
发布时间：2014年11月18日
链接：http://arabic.people.com.cn/n/2014/1118/c31656-8810431.html

`原文/阿拉伯文`

" رقصة الشبح " في جيانغسي

/صحيفة الشعب اليومية أونلاين/ ,November 18, 2014 , 10:31

تعتبر مقاطعة جيانغسي احد اهم المناطق التي ظهر بها رقصة النواة أو ما تدعى ايضا بـ" رقصة الشبح". وكانت سكان المجتمع البدائي يقومون بممارسة " رقصة الشبح" أملين منها في ابعاد الشبح وطلب الأمنيات، وأصبحت في العصر الحديث نوع من ميراث الرقص الشعبي وعرضه لسياح. وفي الصور التالية عرض لـ " رقصة الشبح" في قرية هوانغ لينغ بمقاطعة جيانغنسي.

译 文

江西"鬼舞"

　　江西省被认为是傩舞起源的重要地区之一，傩舞也被称为"鬼舞"。原始社会的人跳"鬼舞"，是希望他们能隐身或其愿望能够得到满足，在近代它已经成为一种民间舞蹈遗产，通过表演呈现给游客。图片显示的是江西省婺源县篁岭风景区的"鬼舞"。

来源：人民网德国频道
作者：米琳、何昕
发布时间：2014年11月25日
链接：http://german.people.com.cn/n/2014/1117/c209048-8809700.html

原文/德文

Einzigartiges Jiangxi: Auf der Suche nach dem schönsten Dorf Chinas

与婺源的其他乡村不同，篁岭村坐落在山上

Wuyuan, im Westen eher als Tee- denn als Ortsname bekannt, wird in vielen Reiseführern auch als „schönstes Dorf Chinas" angepriesen. In Wirklichkeit ist Wuyuan selbst kein Dorf, sondern die Bezeichnung eines Bezirks im Nordosten Jiangxis. Die Dörfer liegen in einer wunderschönen Umgebung am Fuß des Gebirges und am Ufer kleiner Flüsse und Bäche. Kein Wunder ist die Landschaft nicht nur bei Touristen beliebt, sondern wird auch immer wieder als Drehort für viele chinesische Filme verwendet.

Die Wohnhäuser in den Dörfern mit ihren charakteristischen weißen Wänden und schwarzen Dächern stammen zum Teil noch aus der Zeit der Ming- und Qing-Dynastie. Sie gelten als typische Vertreter der Huizhou Architektur.

Eines der schönsten Dörfer ist Huangling. Erst dieses Jahr wurde das Dorf für den Tourismus zugänglich gemacht. Viele der Häuser sind bereits restauriert, alle anderen sollen bis Ende 2015 für die Benutzung zurechtgemacht werden. Bald werden die Besucher die Gelegenheit haben, in einem der ursprünglichen Häuser zu übernachten und so die Charakteristik des Ortes, die sich während jeder Jahreszeit von einer anderen Seite zeigt, vollständig genießen zu können.

秋天在屋顶上晾晒的红辣椒、黄菊花，形成一道亮丽的风景线

译文

独特的江西：寻找中国最美丽的乡村

秋天在屋顶上晾晒的红辣椒、黄菊花，形成一道亮丽的风景线

婺源，更多地被西方称为茶名，而不是地名，许多导游称赞其为"中国最美丽的乡村"。这些乡村坐落在美丽的山脚下、小河和小溪的岸边，所以婺源的景观深受游客喜爱，并且一次又一次地成为许多中国电影的取景地。

乡村里的房屋具有鲜明的白色墙壁和黑色屋顶，时间可以追溯到明、清两代。它们被视为徽派建筑的典型代表。

其中有一个最美丽的乡村叫篁岭，2014年才对游客开放。乡村里许多房屋尚未装修，所有房屋将到2015年年底修缮完毕。游客不久以后将有机会留宿在原先的老房子里，从另一角度来领略这个地方一年四季的特色风貌。

门框上面装饰有黑白色画作

村里的居民在展示本地特产米糕的制作流程

村里的居民在展示本地特产清明饺子

外媒看江西 2014 2015
International media coverage of Jiangxi province

来源：中国日报网
作者：蒋婉娟
发布时间：2014年11月17日
链接：http://www.chinadaily.com.cn/travel/2014-11/17/content_18927984.htmw

原文/英文

Huangling village, paradise for photographers

About 300 kilometers away from Jiangxi's capital, Nanchang, lays Huangling, which promotes itself as the most beautiful village in China.

We were not necessarily convinced by its title during a recent media visit, but the quaint and delicate small village is definitely worth the four-hour bus ride, including a thrilling portion on twisting mountain roads.

篁岭村经典的徽式建筑，黑瓦白墙

秋收时节，篁岭村传统的"晒秋"场景让外来的摄影师们叹为观止

Situated among green mountains and 500 meters above sea level, Huangling's forest coverage is as high as 82 percent.

Ancient Hui-style houses, featuring black roof tiles and white walls, are well kept and maintained. The detailed carvings on wood, bricks and walls make each house a timeless piece of art.

The natural views of Huangling are highlighted by its terraced fields, seas of flowers in spring and colorful harvests in autumn.

During autumn, the ancient Huangling people would dry all the crops, such as corn, red chili, chrysanthemum flower outside the windows.

The tradition, shaijiu, which began due to limited space in the terraced fields, is now a phenomenon that photographers from outside are amazed at.

译 文

篁岭，摄影师的天堂

篁岭村一瞥

篁岭距离江西南昌约300公里，位于"中国最美的乡村"婺源县。

在最近一期的媒体采访中，我们对篁岭是否真正名副其实仍心存疑问。但是经过连续四个小时的驱车行驶后，期间还穿过一段陡峭曲折的山路，当古雅精致的小村庄出现在我们眼前时，一切都让人感到物有所值。

篁岭位于青山碧水之间，海拔500米，森林覆盖率高达82%。

古典的徽派建筑，白墙黑瓦，所有房屋均保存完好。细致入微的木雕、砖石、墙垣，每一间房屋都堪称永恒的艺术作品。

春天，篁岭村淹没在一片片梯田和花海中。到了秋天，丰收的果实又让它增添别样的色彩。

秋收期间，篁岭的人们会将所有作物（玉米、红辣椒、菊花等）放在窗户外面晾晒。

篁岭村的村民们正在制作美食（摄于2014年11月16日）

过去，因为梯田的空间有限，人们往往需要"晒秋"。"晒秋"如今已成为篁岭的一个传统，也成为让外来摄影师叹为观止的景象。

一名游客正在为篁岭村一家商店门外吹长笛的男子拍照（摄于2014年11月16日）

来源：坦桑尼亚《每日新闻报》
作者：阿巴杜
发布时间：2014年11月25日
链接：http://www.dailynews.co.tz/index.php/biz/38668-time-to-promote-cultural-tourism-aggressively

原文/英文

Tanzania's Daily News

IN Tanzania when it comes to investment in tourism most investors tend to consider putting their money into hotels, game park safaris, tented camps, artefact shops and the like.

However, the industry has many potential investment features when critically looked into four dimensions. The sector is wide and has diverse attractions. The main challenge that make investors to centre on the traditional venues may be due to the fact that the country has many tourism hotspots thus overlooking the others.

One area that is totally overlooked by investors is cultural tourism. This area in most cases is left under the hand of the central or local governments and Tanzania Tourism Board (TTB). And another problem in the country is full of cultural areas suitable for tourism.

But most of them are in the northern and eastern part of the country and are well marketed in and outside the country. On other hand in the western and southern parts of the country, cultural tourism is not well development. But the potential is vivid there.

In China one of the investors, Mr Wu Xiang Yang, Chairman of Village Culture Development Company, thinks outside the box. Mr Wu saw an opportunity of making money at a traditional village at the mountainous area of Huangling which where its habitants abandon it as the farming land became scarce as the population rose.

The wise investor started to turn the village into a cultural tourism goldmine. The place has a thousand similarities with Pare Mountains, save for lack of coffee and banana plantation, but instead it has rice and red chili.

The unique feature of Huangling village is the traditional way of drying out crops in the sun on extended roof tops of ancient Huistyle buildings, which features black roof-tiles and white walls with detailed carvings.

The villagers, dry out red chili, Chrysanthemum flower in the sun on a large-flat rounded basket leaves the village with sign of beautiful pictures that attract not only sight seers but also photographers and painters, across China. To preserve the village culture and its picturesque scenery, the company, entered into an agreement with the villagers.

译 文

积极促进文化旅游，正逢其时

在坦桑尼亚，当谈起旅游方面的投资时，大多数投资商会倾向于选择酒店、狩猎园之旅、露营、工艺品店等领域。

然而，以全面批判性的眼光来看，旅游行业具有许多潜在的投资特性。坦桑尼亚面积广阔，名胜古迹丰富多样，旅游景点众多，也许正是因为如此，坦桑尼亚的投资商们都纷纷投资建设传统场地，反而忽略了其他的旅游资源。

其中一个完全被投资商忽略的领域便是文化旅游。在坦桑尼亚，文化旅游大部分情况下都是由中央政府或地方政府和坦桑尼亚旅游局（TTB）进行管理。此外，坦桑尼亚到处都是适合旅游开发的文化区域，这着实让坦桑尼亚头疼。

一方面，大多数这类旅游文化区域都分布在坦桑尼亚的北部和东部，且在国内外都广为人知。另一方面，坦桑尼亚的西部和南部地区，在文化旅游方面仍是一片处女地，因此具有巨大的发展潜力。

一位中国投资商，即婺源县乡村文化发展有限公司董事长吴向阳先生就跳出了固有思维，另辟蹊径。吴向阳先生从篁岭这一传统乡村中看到了巨大商机。随着篁岭村人口不断增加，人均耕地变得越来越少，当地居民就放弃了篁岭。

吴向阳先生开始向篁岭投资，旨在将其打造成为文化旅游宝地。篁岭村与帕雷山脉（Pare Mountains）非常相似，虽然这里没有种植咖啡和香蕉，但大米和红辣椒却很多。

篁岭的独特之处在于其传统的作物晾晒方法，即将作物摊开在屋顶上晾晒。篁岭的房屋属于徽式建筑，黑瓦白墙，雕梁画栋，细致入微。

篁岭的村民们将红辣椒、菊花等装在宽大的圆形晒簟上，放在太阳下晾晒，无意中形成了令人惊叹的美景，引得全国各地的游客、摄影师和画家们纷纷慕名前来一睹为快。为了保护篁岭的文化和美景，婺源县乡村文化发展有限公司和村民们签署了一份保护协议。

根据该协议，婺源县乡村文化发展有限公司有权将当地村民移居至低处宽阔地带以便耕种，从而实现对村庄的管理。作为回报，村民们可以从门票收入和农场门票收入获得高达10%的利润。

The agreement enabled the developer to move villagers to lower spacious area for farming in exchange of the village. In return villagers benefit up to 10 per cent from gate collection fee and farm gate price.

"Before the deal villagers were facing hash living conditions as farming places dwindled to cut-down their earnings, hence failed to repair even their beautiful ancient houses." Mr Wu said.

The move, now enable over 2,000 tourists mostly photographers across China to tour the village just in the first year after it was opened to the public and the number is increasing fast. "In the near future it would attract foreign tourists - especially from South Korea and Japan." Mr Wu, who is also the owner of the company, said.

To live to his ambitions, the private developer wants to restore back the ancient living life by turning the village into culture tourism spot. Some of the 100 houses, which are over 100 years old, would be turned into hotel rooms with 350 beds.

But in Tanzania why not buy out the MV Liemba in exchange with another ship and turn the last surviving steamship into a tourist cruise ship that will journey down tourists on the longest lake in the world. MV Liemba has epic history. It was a German battleship in colonial era during the First World War and was sank.

The British salvaged it and it was turned into a passenger ship in 1920s. The voyage down Lake Tanganyika aboard the Liemba will reveal the culture of people living along the remote shores of the lake and amplify tourism for the benefit of investors and local people.

In Tanzania boat or cruise tourism in lakes, rivers or seas are not there. And investors have yet to realise that it is goldmine awaiting to be dug out. But this is just one example of opening up more touristic hotspots across the nation by looking at idle opportunity rather than all to concentrate on northern and eastern part of Tanzania.

According to Tanzania Cultural Tourism Programme (CTP), the tourism was initiated by youth in local community in northern Tanzania. The product, CTP said, came as a result of Maasai youth group that was used to dance alongside the northern safari road voluntary.

But later they realised the potential apart from being given small change or tips for doing an interesting entertainment along the way. Currently there are about 50 Cultural Tourism Enterprises (CTEs) that Tanzania Tourism Board (TTB) has helped establishing.

Basically, the CTEs operate as a total set of products that involve different cultural and natural attractions, activities and provision of services in a given l "It is a rewarding experience to leave the safari-car behind and climb the mountains of the agricultural tribes (of) Tanzania to see how coffee is grown by subsistence farmers.

"Or to walk across the plains to explore the rich traditions of the pastoral tribes whose culture is closely linked to nature and w But it needs to think outside the box to develop this unique investment, which offers more than game viewing, with promising returns.

"在此之前，村民们的生活条件很艰苦，由于耕地减少，他们的收入也不断减少，甚至连他们祖传下来的美丽房子也修护不起。"吴向阳先生说道。

婺源县对外开放的第一年，便接待了来自全国各地的2000多名游客，其中大多数游客为摄影师，目前参观人数还在快速增加。"要不了多久，外国友人也会来这里旅游——特别是韩国和日本的游客。"董事长吴向阳说道。

为了实现其理想蓝图，吴向阳打算还原篁岭村的古代生活，将篁岭村打造成为文化旅游风景区。村子里百座房屋多为100多年前所建，其中一部分将被改造为酒店，可提供350张床位。

但是，在坦桑尼亚，我们为何不依样画瓢，买下MV Liemba的所有权，作为交换，给船主一艘新船，将现存的最后一艘蒸汽轮船改为一艘游轮，载着游客沿着世界上最长的湖泊旅游呢？MV Liemba具有史诗般的过往经历。殖民时代，它曾作为德国战舰参与第一次世界大战，最后不幸沉没。

20世纪20年代，英国人将其打捞上来，并将其改造成为一艘客轮。乘坐列姆巴号（Liemba）客轮，沿着坦噶尼喀湖一路而下可以尽览沿途风光，了解湖岸深处的居民文化，为投资商和当地居民带来更多旅游收益。

在坦桑尼亚，无论是湖泊、河流还是海洋上，船舶或邮轮旅游都尚未出现。但是，投资商尚未意识到这是一座静待人们发掘的金矿。当然，这只是开发坦桑尼亚各地更多旅游热点的一个例子。投资商们应该着眼于类似的闲置资源，而不是把目光局限在坦桑尼亚北部和东部地区的旅游景点。

据了解，坦桑尼亚文化旅游项目（CTP）最初由坦桑尼亚北部地方社区的年轻人发起。CTP称，该项目的灵感源于一群马赛年轻人，他们曾经自发沿着北部的旅游线路跳舞。

但是后来，他们逐渐意识到，沿途跳着有趣的舞蹈除了可以获得一些零钱或小费之外，还有巨大的开发潜力。目前，已有约50家由坦桑尼亚旅游局（TTB）帮助成立的文化旅游公司（CTE）加入到了该项目。

一般情况下，CTE作为一个整体，经营不同的文化和自然景点，制定服务条款并开展活动。"甩开汽车旅行，攀上山顶，看看坦桑尼亚的农耕部落，了解一下谋求生计的农民如何种植咖啡，的确是一次收获不菲的体验。"

"或者徒步横穿平原，探索畜牧部落丰富的传统，贴近自然的文化。我们需要跳出固有思维模式，进行这种独特的投资，它不仅可以给人带来刺激的游戏体验，还有丰厚的回报。"

外媒看江西 2014 2015
International media coverage of Jiangxi province

来源： 韩国JTBC电视台
作者： 赵翼镇、申东焕
发布时间： 2014年11月28日
链接： http://news.jtbc.joins.com/html/292/NB10660292.html

原文/韩文

중국에서 가장 아름다운 마을' 장시성, 직접 가보니…

[앵커]

중국인민해방군의모태인홍군이창설돼 '영웅의성'이란별칭을가지고있는곳, 바로중국장시성인데요.

중국내륙에자리해그동안우리나라에잘알려지지않았던장시성의다채로운모습을조익신기자가카메라에담아왔습니다. 함께보겠습니다.

[기자]

켜켜이쌓인다랭이논사이로, 먹으로그려놓은듯한우위안현황링마을.

지붕위에핀노랗고빨간쟁반꽃들이눈길을빼앗습니다.

[우샹양/우위안현향촌문화발전공사이사장 : 몇천년전중원에서전란이발생하자, 그곳에살던지배계층들이은거하기위해피난을와이마을의터전을잡았습니다.]

전쟁의참화를피해척박한땅으로쫓겨온원주민들.

깊은산골에중국에서가장아름다운마을을남겼습니다.

+++

도교의성지이자, 유네스코세계유산으로지정된싼칭산.

해발 1400m 위의아찔한둘레길, 고공잔도를걷다보면기묘한바위와그틈에뿌리박은기이한소나무가구름과어울어져시시각각오묘한자태를뽐냅니다.

북송의시인이었던소동파가"중국 5대명산의뛰어남을모두보고자한다면싼칭산에그절경이있다"고칭송한이유를조금은알듯합니다.

+++

도자기의고향징더전.

옛지명은창난으로중국의영어명차이나가바로이곳에서시작됐습니다.

대를이어도자기를빚는장인의손길에선 2000년동안지켜온혼이느껴집니다.

[완위안판/도자기공예계승자 : 1947년부터부친을따라도자기굽는일을시작했습니다. 형제·자매는많은데, 집은가난했거든요.]

오랜전통과문화, 아름다운자연이한데어우러진장시성.

중국의새로운얼굴이이제막기지개를켜기시작했습니다.

译文

到"中国最美乡村"婺源亲身体验……

［主持人］

此地是中国江西省，因创建中国人民解放军的前身红军，而被誉为"英雄城"。

记者赵翼镇拍摄了过去未在我国介绍的江西省的各种风景。请大家一起观看。

［记者］

这里是婺源县篁岭村，在梯状错落有致的农田之间可以看到水墨画般的民居。

屋顶上红黄色"晒秋"的场景吸引着人们的眼球。

［吴向阳/婺源县乡村文化发展公司董事长：几千年前，中原发生战乱时，原来居住中原的统治阶级，为了避难来到此村庄定居并过上了隐居生活。］

为了躲避战争灾难，原住民被迫来到这块贫瘠土地。

在深山老林留下了中国最美丽的乡村。

三清山是道教名山，被联合国教科文组织指定为世界自然遗产。

令人眩晕的海拔1400米的山路，走在高空栈道上，奇岩怪石、长在石缝里的形态奇异的松树与薄云相映成趣，摆出优美的姿态。

北宋诗人苏东坡登三清山时感叹："揽胜遍五岳，绝景在三清。"登上三清山，便可得知苏东坡赞叹的理由。

陶瓷之乡景德镇

古时被称为昌南镇，中国的英语名字"China"就是源于此地。

从世世代代传承陶艺的工匠手中，可以感受到2000年来他们一直坚持的精神。

［陶瓷工艺传承人：从1947年起，我跟着父亲开始了烧制陶瓷的工作。家里兄弟姐妹很多，但家境很困难。］

悠久的传统文化与优美的自然景色融为一体，这就是大美江西。

来源：人民网阿拉伯语频道
作者：曾书柔
发布时间：2014年11月19日
链接：http://arabic.people.com.cn/n/2014/1119/c31656-8811077.html

原文/阿拉伯文

مراسلون أجانب: يجب تعزيز الدعاية لجبال سان تسينغ حتى يتعرف المزيد من الزوار جمالها المذهل

/صحيفه الشعب اليوميه أونلاين/ November 19, 2014, 10:20

19 نوفمبر 2014 /صحيفة الشعب اليومية أونلاين/ زار وفد إعلامي متكون من 40 مراسلا أجنبيا جبال سان تسينغ التي تعتبر أجمل جبال الصوان في الصين يوم 17 نوفمبر الحالي في اطار فعاليات " جيانغسي في عيون المراسلين الاجانب " التي تنظمها شبكة الشعب بمشاركة قسم الدعاية للجنة جيانغسي التابعة للحزب الشيوعي الصيني ولجنة التنمية السياحية لمقاطعة جيانغسي وستستمر لأسبوع واحد.

تقع جبال سان تسينغ في مقاطعة جيانغسي، وتشتهر بثقافتها الطاوية وجمال مناظرها الصخرية، حيث تعد "متحفا معلقا للعمارة الطاوية في العصر الصيني القديم " و"أجمل جبال الصوان في ساحل الباسيفيك الغربي". ويبلغ ارتفاع أعلى قمة الجبل 1819.9 مترا.

قالت ميلين، مراسلة من سويسرا، أنها زارت الكثير من الدول وصعدت الكثير من الجبال المشهورة، غير أن جمال جبال سان تسينغ لايزال يثير دهشتها. وأضافت، انه مقارنة مع الجبال في سويسرا، رغم أن ارتفاع جبال سان تسينغ ليس عاليا شاهقا كثيرا، لكنها تتميز بأشكال الصخور المختلفة فيها. حيث يشبه هذا الجبل الحية النابضة بالحياة، وتشبه تلك الجبال الفتاة المتفكرة..... هذه مناظر طبيعية وساحرة مثيرة لخيال الناس.

وقالت سليأبتسوفا، مراسلة من روسيا البيضاء أن جبال سان تسينغ قد تركت بداخلها انطباعا عميقا، ورغم أن الصعود إليها متعب. "لكن مهما اختلفت زاوية المشاهدة، تبدو المناظر مذهلة وجميلة!" قالت سليأبتسوفا، بالاضافة الى جمال المناظر، فإن البنية التحتية والمرافق الأساسية مثل الممرات الإصطناعية في جرف الجبال متكاملة وملائمة للمسنيين، الأمر الذي يجدر التعلم منه بالنسبة الى المواقع السياحية الأخرى في الصين ودول العالم.

وقال صلاح، مراسل من اتحاد الإذاعة والتلفزيون المصري أن جمال جبال سان تسينغ مميز، مختلفا عن الجبال في الدول الأخرى، لكنها ليس معروفة بالنسبة للسياح الأجانب. لذلك، من الأحسن أن تعزز الحكومة والهيئات السياحية المحلية أعمال الدعاية والتسوق، حتى يتمكن المزيد من الأجانب من معرفتها والتمتع بجمالها.

译文

外媒：加强宣传三清山 让更多的游客了解它叹为观止的美景

2014年11月19日，由40余名外媒记者组成的媒体采风团参观了被誉为有最美花岗岩山之称的三清山。据悉，11月18日启动的为期一周的"外媒看江西"活动由中共江西省委宣传部、江西省旅游发展委员会、人民网共同举办。

三清山位于江西省上饶市玉山县与德兴市交界处，它以道教文化和岩石景色之美而闻名，所以三清山被誉为"中国古代道教建筑的露天博物馆"和"西太平洋边缘最美丽的花岗岩"，海拔高达1819.9米。

梅林，来自瑞士的一名记者，她说走访了很多国家，爬过了许多名山，但三清山的美景令她印象深刻。她补充道，和瑞士的山相比，尽管三清山的海拔不是最高的，但是它有各种各样不同形状的岩石，所以这座山看起来充满了生机和活力，它像一个沉思的少女，这些自然美景和神秘无一不丰富了人们的想象。

斯莱布佐娃（Slaibtsova），来自白俄罗斯的一名记者，她说，三清山在她的心中已经留下了深刻的印象，尽管爬山很累，"但不管如何，从不同的视角，它都为人们呈现了迷人和美丽的风景！"斯莱布佐娃（Slaibtsova）还说，它的美不仅体现在景观上，还有它的基础设施，如山上悬崖间的人工走廊，为老年人参观提供了方便，这也是中国和世界各国其他旅游景点需要学习的地方。

萨拉赫，埃及广播电视联合会记者说，三清山很特别，它不同于其他地方的山，但是对于外国游客来说它并不出名。因此，政府和当地旅游机构最好能加强宣传和推广业务，让更多的外国人能够了解它，欣赏它的美。

来源：人民网西班牙频道
作者：湖长明
发布时间：2014年11月17日
链接：http://spanish.peopledaily.com.cn/n/2014/1118/c204699-8810738.html

原文/西班牙文

Montaña Sanqing, un museo del taoísmo al aire libre

En la mañana del 17 de noviembre de 2014, los periodistas extranjeros visitaron una de los montes sagrados del taoísmo, Sanqingshan o Montaña Sanqing, en la provincia de Jiangxi, como parte de la actividad "Medios extranjeros visitan Jiangxi".

Situada en la juntura de los distritos Yushan y Dexing del municipio de Shangrao, provincia de Jiangxi, la Zona Pintoresca de la Montaña Sanqing se extiende por 756 km². En dicha montaña se pueden ver en una fila tres picos: Yujing, Yuhua y Yuxu. Estos nombres son similares a los de los tres inmortales del taoísmo: Yuqing, Shangqing y Taiqing, de allí el nombre de la Montaña Sanqing.

De los tres picos, el principal y el más alto es Yujing de 1.819 m sobre el nivel del mar, cuya área pintoresca es un zona turística importante del nivel nacional, área turística AAAAA, lugar para educación de patriotismo, de demostración de civilización, parque nacional de geología, y es el único lugar de China que solicita el patrimonio natural mundial en 2008.

Esta montaña estrecha y larga de sur a norte, destacada por la distribución densa de formaciones terrestres de granito, presenta un bosque de picos más denso y de formas más variadas entre las formaciones terrestres de granito conocidas en el mundo.

La Montaña Sanqing es un lugar destinado por taoístas a la auto cultivación en diversas dinastías, de allí su denominación "Museo del taoísmo al aire libre". El conjunto arquitectónico del Palacio Sanqing, dispuesto según los Ocho Diagramas, data de más de 1.600 años y, con más de 230 construcciones antiguas y sitios de valor cultural, tales como templos, pabellones, palacios, pórticos, fuentes, lagos, puentes, tumbas, terrazas, pagodas, etc., es el lugar donde más concentra puntos de interés cultural de la Montaña Sanqing.

La actividad "Medios extranjeros visitan Jiangxi" ha sido organizada conjuntamente por la Oficina de Turismo Provincial de Jiangxi, el Departamento de Propaganda del Partido Comunista en Jiangxi y Pueblo en Línea.

译文

三清山，露天道教博物馆

2014年11月17日上午，外国记者参观了江西省道教圣山三清山。这次参观是"外媒看江西"活动的一部分。

三清山位于江西省上饶市玉山县和德兴市交界处，风景秀丽，占地756平方公里，山中有三座山峰并列成一排，分别是玉京、玉华和玉虚。这些名字都与道教三神仙玉清、上清和太清相似，三清山也因此而得名。

三座山峰中，最高的是主峰玉京峰，海拔1819米。该景区风光秀丽，是国家5A级旅游区，爱国主义教育示范文明基地，全国文明风景旅游区示范点，国家地质公园及2008年中国唯一申报世界自然遗产的景区。

三清山形状狭长，从南到北延展开来。花岗岩地貌密集分布，是世界著名的花岗岩地貌地区中峰林茂密、地貌多样的代表。

三清山在历朝历代一直是道教人士的清修之地，故名"露天道教博物馆"。三清山的宫殿建筑群根据八卦排列，距今已有1600年，其中包含230多座古建筑和文化遗址，如寺庙、亭台楼阁、宫殿、柱廊、喷泉、湖泊、桥梁、墓葬、露台、佛塔等，汇集了三清山的众多文化亮点。

本次"外媒看江西"活动由中共江西省委宣传部、江西省旅游发展委员会及人民网共同主办。

来源：加纳《每日写真报》
作者：阿杜

原文/英文

Sanqing Mountain

WHEN tourists' attractions in China are mentioned, two sites that come immediately in mind are the Forbidden City in Beijing and the Great Wall sites across the country.

Indeed, the Forbidden City, sited in the Chinese capital has enjoyed huge patronage because of its strategic location and the history behind it, likewise the Great Wall.

However, there are other sites that cannot be overlooked when one travels across the various provinces of the country.

The Jianxi Province in the south of China has recently been enjoying its fair share of the patronage the Chinese tourism industry because of the conscious efforts being made to promote the numerous tourists facilities dotted in the various counties of the province.

"Boasting of its picturesque scenery and simple folkway, Jiangxi is reputed as a magical and beautiful land of abundant resources for tourism".

That is how the Deputy Governor of the Province, Mr Zhu Hong summed up his description of the province when he met a group of foreign journalist who spend five days in the province to explore tourists' facilities in the area.

Mr Zhu was not wrong since after five days tour of the region it became abundantly clear that Jianxi is the place to be for both the domestic and international tourists in China.

"This is a place that actually brings visitors near nature and shows the wonders of creation", that was how a colleague journalist from Senegal, Mr Mamoune Faye summed up his impression after he had climbed and descended from the mountain with the highest peak of over 1,800 metres above sea level.

This mountain, a world heritage site for and geopark attracts tourist not only because of its granite forests but also because of its unique ecological scenes.

It stretches more than 12.2 kilometres from the north to south and 6.3 kilometres from the east to west and contains about 1,000 species of flora and 800 types of fauna.

The beautiful clouds, amids unique rocks and wonderfully shaped pine trees make interesting viewing by the numerous visitors who climb and descend the mountain daily.

After being ferried to about 1,200 metres above sea level via a cable car, visitors climb the rest of the mountain through a well constructed side path around the mountain.

It take bravely and determination for

译文

三清山

提到中国的旅游景点，人们不禁会立刻联想到两个景点：北京紫禁城和横穿中国的万里长城。

的确如此，北京紫禁城之所以备受关注，是因为其战略性地理位置和背后的历史，万里长城也是如此。

然而，如果有人要在中国跨省旅游的话，还有很多其他景点值得考虑。

江西省位于中国南方，该省近来在中国旅游市场中颇为火爆，这要归功于其有意识地宣传省内各县的旅游景点。

"江西省风景秀丽，民风淳朴，素有旅游胜地的美誉。"在接受一些外媒记者的采访时，江西省副省长朱虹如是评价。这些外媒记者曾历时五天专门采访了江西省的旅游景点。

朱虹对江西的评价一点都不为过。经过为时五天的采访，这些外媒记者都开始明白，江西的确是适合国内外游客旅游的好去处。

"三清山能够真正让游客走近自然，并感受造物奇迹。"在攀登并到达三清山的顶峰后，一名来自塞内加尔的同行记者Mamoune Faye如此总结道。

三清山顶峰海拔高达1800多米。作为世界自然遗产地和世界地质公园，三清山吸引着众多游客，这不仅是因为三清山具有花岗岩森林，也因为它独一无二的生态旅游景观。

三清山主体南北长12.2公里，东西宽6.3公里，拥有约1000种植物和800种动物。

三清山山间云海缭绕，松柏千姿百态，每天有无数游客登上峰顶见证这一奇妙的自然景观。

游客可以乘坐缆车来到海拔约1400米的地方，然后通过一条围绕山体向上蜿蜒、精心修筑的侧道到达山顶。

由于很多人不敢从上往下俯瞰多处深不见底的山谷，因此要爬到山顶需要很大的勇气和决心。

三清山的岩石和森林拥有万千姿态，游客可以欣赏到各式各样的山峰。

one to go to the summit of the mountain or near it since it is not easy to look into the deep valleys at various points of the mountain.

The different shapes of rock formation and the forest make the Sanqing Mountain show the most diverse peaks to visitors.

Information gathered during my visit to this enchanting tourist site indicates that about the forests in the valleys and around the mountain contains numerous plants most of which serve as ingredients for Chinese traditional medicine.

It also contains 1,728 kinds of wildlife and constitutes the most biodiversity environment in East Asia.

The mountain was officially listed as one of the UNESCO World Natural Heritage in July, 2008 and it is the seventh World Heritage site in China.

One scene at the scene which cannot escape the attention of patrons of the mountain is the "Snake Rock". It is has been referred to as such because viewing it from the bottom to the top on really sees a giant snake standing upright.

As I walk and climbed the various staircases to view this natural beautiful scene, what came into my mind was the Kwahu Mountain in the Eastern Region of Ghana.

How I wished the potentials of this beautiful mountain had also been tapped to attract patronage from both domestic and international tourists to provide employment for the people in the area.

Jindenzhen, referred to as the Ceramic City of the World, also in the Jiangxi Province also reminded me of the traditional pottery industry in Ghana when I visited the city.

Unfortunately the pottery industry in Ghana has not been developed to reach a stage where it could attract the attention of people outside Ghana and become an income earner for the country.

Even though I saw some men and women who were experts in the pottery when I was a child in my hometown and beyond, they died eventually with their expertise and that was why I was so happy to see men and women well above their 80s imparting their knowledge in the pottery industry to the young ones in Jingdenzen.

Their artistry has make the city to be acknowledged as the ceramic city of the world from where their products are bought and sent to other parts of China and exported places all over the world.

Another tourists' attraction spot worth considering in the Jiangxi Province is Lushan Xifeng Scenery Spot in the Xingzi County.

The numerous beautiful scenes including mountains, lakes, waterfalls and springs among other have combined to make the areas attractive to movies makers and photographers.

There were s number of newly married couples and people from all walks of life here during my visit to take memorable pictures and view this view these beautiful natural scenes.

The Chinese hospitality industry is rife and the domestic tourism is booming. Some of the tourists I interviewed during my visit told me that they had come from other provinces of the country to see the wonderful scenes in the Jiangxi Province while others have come from other places in the world.

It is my hope that while taking measures to attract foreign tourists, efforts would be made by the Ministry of Tourism, Culture and the Creative Arts to boost domestic tourism in Ghana.

根据我在这个迷人的景点收集到的信息，山间遍布的森林中有数不胜数的植物，它们大多可以做中药材。

此外，它还有1728种野生动植物，构成了亚洲东部最有生物多样性的环境。

2008年7月，三清山正式被联合国教科文组织列为世界自然遗产，成为中国第七个世界遗产景点。

在三清山，"巨蟒出山"景点最受游客关注。之所以这么命名，是因为从下往上看，它的确很像一条直立起来的巨蟒。

在我拾级而上，一路欣赏这些美丽的自然景色时，脑海中突然浮现了加纳东部地区的夸胡山（Kwahu Mountain）。

我特别希望这样美丽的山脉也能吸引国内外游客，为当地人提供就业机会。

在参观同样位于江西省、享有"世界瓷都"美誉的景德镇时，我也不禁想起了加纳的传统制陶工业。

然而遗憾的是，加纳的制陶工业发展比较落后，还不足以吸引加纳以外的人们的兴趣，并为其实现旅游创收。

从小在家长大，我也认识过一些制陶行业的男女专家，但他们的制陶手艺也随着其生命的终止一同失传了，这也是我为景德镇年过八旬的老艺人将他们的制陶知识传授给年轻人而高兴的原因。

这些制陶专家的手艺让景德镇被公认为世界瓷都。景德镇生产的瓷器也因此销往中国其他地区，并出口至全球各地。

江西省另一个值得推荐的旅游景点是位于星子县的庐山秀峰景区。

庐山秀峰景区风景秀丽，这里的山、湖、瀑布和温泉等景观吸引了众多电影制片人和摄影师。

在我参观期间，还有许多新婚夫妇和其他形形色色的人们到这里合影留念，并四处欣赏这些自然美景。

中国的服务行业遍地开花，国内旅游如雨后春笋节节攀高。一些游客告诉我，他们来自于中国其他省份，来这里就是为了欣赏江西美妙的风景，另外一些游客则从世界其他地区慕名而来。

我希望，加纳旅游、文化与创意艺术部在采取措施吸引国外游客的同时，也能加大力度促进国内旅游业的发展。

来源：肯尼亚《旗帜报》
作者：菲利普
发布时间：2014年11月21日
链接：http://africa.chinadaily.com.cn/weekly/2014-11-21/content_18952209.htm

原文/英文

Sacred stones, continents apart

Sanqing mountain bears similarities to Crying Stone of Kakemega, a formation sacred to some in Kenya

A recent excursion to the somewhat obscure Sanqing Mountain in Jiangxi province in Southeast China evoked memories of the Crying Stone of Kakamega County in Kenya. I found myself drawing parallels between rock formations at the sites, which are separated by 9,000 kilometers.

Our group of foreign journalists starts our ascent to the acclaimed Land of Peach Blossoms at 10 am via a cable car that rises to 1,400 meters across Mount Sanqingshan National Park. The ride goes over a beautiful, lush valley with rocks and deep gullies. The ride is not for the acrophobic or faint-hearted, as it is not smooth. Every so often it rocks us, especially as it passes by supporting towers.

Within 10 minutes we arrive at Jiasha cable station. I am immediately hit with the change of atmospheric pressure. The air pressure and density is definitely much lower compared with what it was at the foot of the mountain. It is also colder at the top, and my breathing is now more rapid.

Before proceeding with the expedition to the summit, I take time to read a sign with information about the mountain.

The park occupies 756 square kilometers and the highest peak is 1,819 meters above sea level. It has three peaks, Yujing, Yuxu and Yuhua.

"At the 32nd World Heritage Convention in July 2008, Sanqing Mountain Scenic Zone was officially listed into the World Heritage C15 List and became Jiangxi's first and China's seventh World Heritage Site." the board says.

Our able guide, He Li, takes time to explain the religious significance of the site. "To Taoists, Sanqing Mountain is very important. The name Sanqing can loosely be translated to mean 'three pure ones'." she says.

She says the three peaks of the mountain resemble the three deities of Taoism: Yuqing, Shangqing and Taiqing.

Claudia He, director of China

译 文

天各一方的神奇石头

三清山与肯尼亚卡卡梅加（Kakemega）的圣地哭石颇有相似之处。

最近我探访了位于中国东南部江西省的三清山，它给人那种难以言说的感觉让我不禁想起了肯尼亚卡卡梅加的哭石。我发现自己被二者之间在岩层结构上的相似之处深深吸引，而事实上，它们相距足有9000公里之遥。

我们一行外国记者早上10点就乘坐缆车攀上了1400米的高峰，前往素有"世外桃源"美誉的三清山国家公园。一路上映入眼帘的都是美如画卷、郁郁葱葱的山谷，奇峰怪石与悬崖深谷遍布其中。由于路途崎岖不平，所以恐高胆小者慎行。我们时不时便会遭受一番颠簸，特别是在通过支撑塔时，这种感觉尤为明显。

不到10分钟，我们就抵达了金沙缆车站。我一下子就感觉到了气压变化带来的影响。和山脚相比，这里空气的压力和密度明显要低很多，山顶上的温度也更低。为了适应这种变化，我的呼吸比平常加快了一些。

在继续向顶峰前进之前，我花了点时间查看了一个写有三清山相关信息的标牌。

三清山国家公园占地756平方公里，最高峰海拔高达1819米。三清山国家公园有三座顶峰，分别为玉京峰、玉虚峰、玉华峰。

"2008年7月，在第32届世界遗产大会上，三清山景区被正式列入世界遗产C15名录，成为江西省第一个、全国第七个世界遗产保护区。"标牌上这样写道。

精干的导游简要地向我们解释了三清山的宗教地位。"对于道教而言，三清山的地位举足轻重。'三清'这一名称可以简单理解为'三圣'的意思。"她说道。

她解释称三清山的三座顶峰分别代表着玉清、上清和太清三位道教神明。

世界宗教与环境保护基金会（ARC）中国地区负责人随后证实了导游的话。

"三清山的三座顶峰类似于基督教的'三位一体'。其中一座代表'道'，第二座代表创世神灵，还有一座代表管理世间一切事物的神灵。"

"他们是道教最大的三位神明。最高的是万神之祖。"

programs at the Alliance of Religions and Conservation, later confirms the guide's account.

"The three peaks of the mountain can be compared to the Christian Holy Trinity. One of the peaks represents the Tao. The second one is the creator of the universe while the third peak represents the manager of the universe."

"Those are the three greatest Taoist deities. The highest is the God of Supreme Purity."

With all this information, we now set off for the Nanqing Garden Scenic Spot, the location of a rock statue named the Oriental Goddess, about 300 meters from the cable car station. We walk around the mountain to the spot along a winding concrete footpath lined with indigenous trees and plants.

I decide to finish my excursion at this spot. I take a seat on one of several carved stone seats to marvel at the Oriental Goddess. The rock has a unique structure resembling a woman sitting. The tip of the rock is separated from the rest of the massive structure.

A sign at the site says the 86-meter-high rock was shaped by spheroidal weathering to form the shape of a woman. Spheroidal weathering is a type of chemical reaction that results in the formation of spherical layers of decayed rock that fall off like layers of an onion, often leaving rounded shapes.

This is when I start drawing comparisons with the imposing Crying Stone of Kakamega. The 40-meter formation has similar rocks perched at its apex, and looks like a gowned figure with water flowing from the joint between the two rocks as if it were tears. The Isukha and Idakho sub-tribes of the larger Abaluhya community of Western Kenya traditionally held religious ceremonies at the foot of the Crying Stone. Traditional dances such as Tindikiti, Isukuti and Litungu are from time to time held at the site, with residents staging cockfights and bullfights and drinking traditional brew, to appease the ancestors in times of calamity.

The Crying Stone however, has some differences with the Oriental Goddess stone at Sanqiang Mountain. The two are morphologically different in that the Crying Stone is composed of such minerals as quartz, feldspar and mica while the Oriental Goddess is composed of granite. The size of the two rocks is also a major distinguishing feature. Finally, the Crying Stone is associated with the spirit of ancestors while the Oriental Goddess is claimed by the Taoists as a sacred rock.

Reluctantly, I descend to the foot of the mountain, having been thoroughly impressed by its picturesque scenery.

Jiangxi province is also a major location for so-called Red tourism because it was a cradle of the Communist Party of China and often is considered the birthplace of the People's Liberation Army. The Nanchang Uprising took place in Jiangxi and Communist leaders later took refuge in the province's mountains.

了解所有信息后，我们开始出发前往南清园风景区，那里有一座东方女神的石雕神像，距离缆车站约300米。我们沿着一条蜿蜒曲折的水泥栈道前往目的地，栈道两旁树木丛生，郁郁葱葱。

我决定就在这里结束这次短途旅行。我坐在其中一个石雕凳子上，对着东方女神啧啧称奇。这块石头外形独特，看起来就像是一个坐着的女人，其岩石的尖端与其他庞大的结构单独分离开来。

此处景点的一个标牌上写着，这块86米高的岩石因球状风化作用而形成了一个女性的样子。球状风化是一种典型的化学变化，能够形成球状的风化岩石，其会像洋葱那样层层脱落，最后形成球形。

我开始寻找它与卡卡梅加哭石的相似之处。哭石高40米，顶端也有些类似的岩石，看起来像一个穿着长袍的人，水从两块岩石中间流过，宛如人的眼泪。西肯尼亚西部地区的卢希亚族（Abaluhya）部落的伊苏卡人（Isukha）和伊达科（Idakho）分部落历来都会在哭石脚下举行宗教仪式。他们会时不时地在此处跳着传统的舞蹈，如Tindikiti、Isukuti和Litungu，上演斗鸡与斗牛的好戏，豪饮传统工艺酿造的好酒，以告慰灾难时期的先辈们。

然而，哭石与三清山的东方女神还有一些不同之处。首先，从形态构成上而言，二者存在不同，哭石由石英、长石和云母等矿物质组成，而东方女神的成分为花岗岩；此外，二者的大小也是最重要的区分特点；最后，哭石与先祖的精神休戚相关，而东方女神被道教视为一块神石。

虽然不大情愿，但我还是恋恋不舍地下到山脚，脑海里完全被这里美轮美奂的景色所占据了。

江西省也是红色旅游的一个主要目的地，因为它是中国革命的摇篮，中国人民解放军诞生之处，南昌起义就发生在江西。

外媒看江西 | 2014 2015
International media coverage of Jiangxi province

114

115

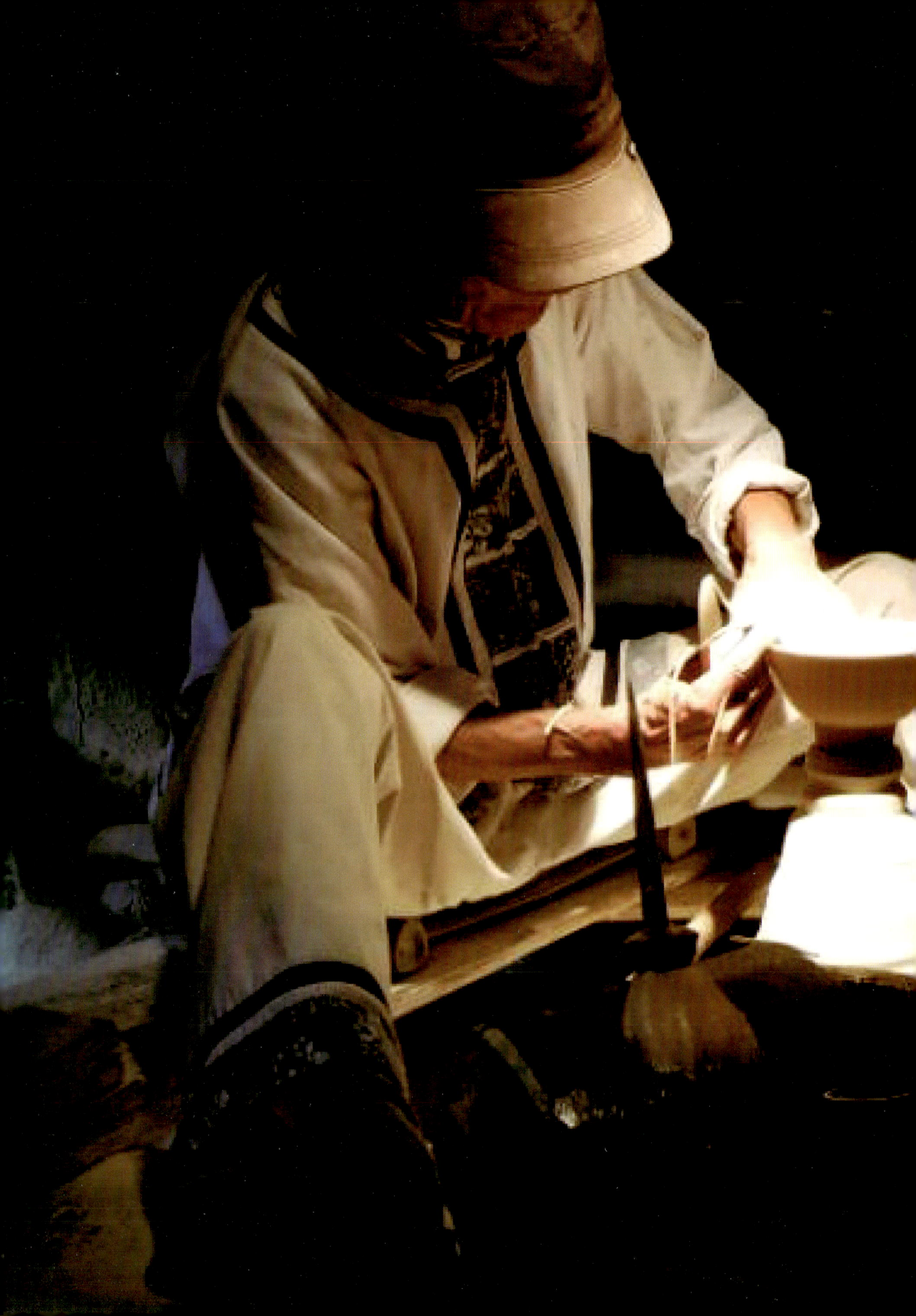

第三站　Third stop:Jindezhen
景德镇

来源： 人民网阿拉伯语频道
作者： 曾书柔
发布时间：2014年11月20日
链接： http://arabic.people.com.cn/n/2014/1120/c31656-8811612.html

原文/阿拉伯文

زيارة أقدم خط صناعة الخزف في العالم

/صحيفة الشعب اليومية أونلاين/ November 20, 2014, 09:49

20 نوفمبر 2014 /صحيفة الشعب اليومية أونلاين/ وصل الوفد الإعلامي الذي يضم 40 مراسلا أجنبيا من جنسيات مختلفة الى مدينة جينغدتشن، عاصمة الخزف المشهورة للتعرف على عمليات التصنيع وفنونها في 18 نوفمبر الحالي في اطار فعاليات "جيانغسي في عيون المراسلين الاجانب" التي تنظمها شبكة الشعب بمشاركة قسم الدعاية للجنة جيانغسي التابعة للحزب الشيوعي الصيني ولجنة التنمية السياحية لمقاطعة جيانغسي والتي تمتد لأسبوع.

تابع المراسلون الأجانب انطلاق مراسم فتح الفرن لاستخراج الخزف الذي تم حرقه لصقله وإكسابه القوة ليلبي مختلف الاستخدامات في متحف الأفران التقليدية ، واستمتع اعضاء الوفد بالعرض الموسيقي للآلات الموسيقية المصنعة من الخزف، ومشاهدة عمليات التصنيع التي تتم بالطرق التقليدية اليدوية ولـ 72 خطوة، وكل واحدة منها تحت إدارة كبار الحرفيين ذوي الخبرات الممتدة.

وقال فنغ تسو فا أحد كبار الحرفيين "إن الأعمال الخزفية المصنوعة يدوية لا يتغير لونها ولا تنكسر بسهول مقارنة بما يصنع بالآلات . على سبيل المثال .. الخزف الصيني القديم المكتشف في قاع البحر لا يزال يحافظ على جاذبيته بعد مرور ألف سنة، لم يتغير لونه ولا شكله ، وهذا يكرس قيمة الصناعة اليدوية."

وقالت سارة روميرو استيلا، مراسلة من المحطة الثالثة للتلفزيون الأسباني أن هذه المرة الأولى التي تشاهد فيها مباشرة عملية صناعة الخزف يدويا. وأضافت "في بلدي أسبانيا، الناس يحبون الخزف ويريدون معرفة كيفية صناعته يدويا، وقد قمت بالمقابلات مع الاثنين من الحرفيين للتحديث عن الصناعة التقليدية للخزف، وسنعمل على انتاج برنامج حول هذا الفن العريق بعد العودة الى أسبانيا لعرضه على الجمهور الاسباني."

译 文

外媒记者参观世界上最古老的瓷器生产线

2014年11月20日,由40余名外媒记者组成的媒体采风团参观了中国瓷器之都景德镇古窑民俗博览区,了解瓷器的制作过程及其艺术价值。据悉,11月14日启动的为期一周的"外媒看江西"活动由中共江西省委宣传部、江西省旅游发展委员会、人民网共同举办。

外国记者相继打开已经烧制好的瓷器和抛光瓷器的烤箱,享受了瓷制乐器演奏的音乐展,观看了手工制瓷这个传统工艺的72道工序,其中每一道工序都是由经验丰富的高级技工完成。

一位资深技工冯祖发说:"相比通过机器制造的瓷器,手工制作的瓷器非常耐变色和耐变形。比如说在海底发现的中国古老的瓷器在经过了1000年后仍然保留着其吸引力,它的颜色没有变,这就是手工制作的价值所在。"

西班牙电视台第三频道的记者莎拉·罗梅罗·埃斯特拉说,这是她第一次亲眼看到手工制作瓷器的过程。她补充道:"在我们西班牙,人们都喜欢瓷器,也很想知道如何手工制作瓷器,今天我也采访了两个改变传统制瓷行业的技工,回到西班牙之后,我们将围绕这个古老的艺术来制作节目,并把它呈现给西班牙民众。"

来源：人民网德国频道
作者：何昕、米琳
发布时间：2014年11月25日
链接：http://german.people.com.cn/n/2014/1125/c310707-8813925.html

原文/德文

Einzigartiges Jiangxi: Reise durch die Porzellanwelt von gestern und heute

在古窑址博物馆里，你可以参观宋、元、明到清代的官窑

Welches ist die Hauptstadt des berühmten China-Porzellans? Die Antwort ist nicht Beijing, sondern Jingdezhen. In der Stadt im Norden der Provinz Jiangxi wird mehr produziert als sonst im ganzen Land zusammen.

Seit mehr als tausend Jahren (eine erste Blütezeit erfuhr Jingdezhen in der Song-Dynastie um 900) ist die Stadt das unbestrittene Zentrum des Porzellanhandels. Verkauft wird in China und in der ganzen Welt.

Heute lässt sich in dieser Stadt das Zusammenspiel von Tradition und Innovation deutlich spüren. Die Handarbeit, die von Generation zu Generation überliefert worden ist, hat sich gut erhalten. Im Museum der alten Brennöfen in Jingdezhen kann die Handfertigkeit der erfahrenen Handwerker heute noch bestaunt werden.

In Zhen Ru Tang, einem Porzellan-Workshop im ländlichen Gebiet von Jingdezhen, wird dagegen eine neue Art von Porzellan hergestellt. Modernes Design und eine weiterentwickelte Technik machen das Handwerk zum Kunstwerk. Klicken Sie sich durch die Bilder, und bestaunen Sie das Porzellan-Handwerk von gestern und heute.

古窑博物馆：半成品瓷器碗碟在阳光下晾晒干燥

真如堂：这些佛像是艺术界的标志

译 文

独特的江西：游历瓷器世界的昨天和今天

中国最著名的瓷都在哪里？答案不是北京，而是景德镇。

1000年以来（景德镇的第一个鼎盛时期大约在公元900年的宋代），这座城市就是瓷器贸易无可争议的中心，其瓷器远销中国和世界各地。

今天人们可以在这座城市感受到传统与创新的碰撞。已经传承了一代又一代的手艺，至今仍保存完好。在景德镇的古窑博物馆里，能工巧匠的手工技艺至今仍令人钦佩。

真如堂，一家景德镇的乡村瓷作坊，在今天能生产出新型陶瓷。现代设计和更复杂的技术使手工艺变成艺术。

古窑博物馆：山茶花图案的成品瓷碗

真如堂：按现代设计理念设计的瓷器餐具

来源：人民网德国频道
作者：米琳、何昕
发布时间：2014年11月25日
链接：http://german.people.com.cn/n/2014/1125/c310707-8813929.html

原文/德文

Handwerker in Jingdezhen: Die Tradition lebt

77岁的万祖繁出生在一个瓷器艺人之家，他以用传统青花装饰半透明瓷器作品而闻名四方。目前万先生带有六名学徒。

In Jingdezhen, Chinas Porzellan-Hauptstadt, sind auch heute noch viele Handwerker zu sehen, die das Erbe der altehrwürdigen Stadt bestens vertreten. Sie haben das Wissen über das Keramikgewerbe von ihren Vorfahren geerbt und geben ihre Erfahrung an die nächste Generation weiter.

Obwohl immer mehr Porzellanschalen maschinell hergestellt werden, hat die traditionelle Handarbeit jeden Grund, weiter zu leben. „Im Vergleich zu den durch Maschinen gefertigten Porzellangefäßen sind die handgemachten sehr beständig gegen Verfärbung und Verformung", erklärte Feng Zufa stolz. Der 68-Jährige, der sein Leben lang mit der feinen Keramik gearbeitet hat, bringt nun im Museum der alten Brennöfen in Jingdezhen den Besuchern sein geliebtes Handwerk näher.

Im traditionellen Verfahren besteht die Herstellung einer Porzellanschale aus 72 Schritten. Jeder Arbeiter ist nur für einen Schritt zuständig: Nur so kann sichergestellt werden, dass jeder ein Meister seines Fachs ist und höchste Qualität erreicht werden kann. In einem Workshop im Museum können die wichtigsten Schritte im Verlauf der Herstellung bestaunt werden.

Im Rahmen der einwöchigen Reise durch die Provinz Jiangxi besuchte People's Daily Online die Porzellan-Stadt und lernte, wie die wertvollen Porzellanstücke seit Jahrhunderten hergestellt werden.

译 文

景德镇的工匠：延续传统

第一步：拉坯。18岁的王绍辉已经向他的祖父学习了四年原料拉坯的技艺。

第二步：徒手塑胎。工人旋转泥碗并在圆形模板上按压它们，用来固定碗的形状。

第三步：瓷器抛光。68岁的冯祖发是瓷器表面抛光的行家。

第四步：碗的底部被塑以所需的形状。（1）

第四步：碗的底部被塑以所需的形状。（2）

烧制前的最后一步：上釉。工人用特殊的墨水在碗上画上山茶花图案。黑色墨经过燃烧，会变成清亮的蓝色。

在中国的瓷都——景德镇，今天人们依旧能够看到许多工匠，他们最能代表今天古城的遗产。他们从祖先那里继承了陶瓷业的技艺，并通过自己的实践经验传承给下一代。

尽管越来越多的瓷碗是使用机械制造的，然而传统手工依旧有继续存在的理由。"相比通过机器制造的瓷器，手工制作的瓷器非常耐变色和耐变形。"冯祖发自豪地说道。这位68岁的老者，一生都与精细陶瓷为伍，正在向景德镇古窑址博物馆的游客解说自己这门心爱的手艺。

按照传统的方法，生产一个瓷碗需要经过72个步骤。每个工人只负责其中一个步骤，并且要确保每一位都是各自所擅长技艺的高手，继而实现最高的品质。在博物馆作坊里，游客对生产过程中最重要的步骤赞叹不已。

从为期一周游遍江西的旅行我们了解到了在数百年间珍贵的瓷器是如何制作而成的。

来源：西班牙LA VOZ DE GALICIA报纸
作者：Sara Romero Estella

原文/西班牙文

La cuna de la porcelana china pierde su tradición

Los bajos salarios hacen que los jóvenes de Jingdezhen busquen otros oficios

El Gobierno transforma viejas fábricas en museos para conservar las técnicas artesanales

Las manos de Wang Shaohui dan forma a un pequeño cuenco de porcelana sobre un torno que él mismo ha impulsado minutos an-tes para que gire. Repite un molde tras otro y los va poniendo alinea-dos en una repisa de madera hasta que consigue que al cabo de diez minutos, uno de ellos le salga per-fecto. Esa es la técnica artesanal, la más pura, la que aprendió de su padre y de su abuelo y de la que han vivido cinco generaciones de su familia.

«Es cuestión de paciencia y de precisión», apunta Wang a la dece-na de turistas que no le quitan ojo y que interrumpen su concentración disparando fotos sin control. Él es uno de los cerca de cien empleados del recién inaugurado Museo de la Historia de la Cerámica de Jing-dezhen, la ciudad considerada la cuna de la porcelana china. Este es-pacio, compuesto por varias naves con tejados de cáñamo y bambú, es una antigua fábrica que conserva hornos de cocción de cerámica de más de cinco siglos de antigüedad.

En un intento por conservar la fabricación artesanal que dio fama mundial a esta porcelana, el Gobierno chino está convirtiendo las antiguas factorías en museos etnográficos en los que el turista puede contemplar cómo se hacían las vasijas y jarrones en la época imperial.

En los últimos treinta años, la rá-pida industrialización del gigante asiático ha afectado también a la industria de la cerámica. El 70 % de la economía de esta zona del sur de China depende de la porcelana, por lo que la necesidad de producir más piezas en menos tiempo ha cambiado el proceso de fabrica-ción y muchas de las industrias tradicionales han desaparecido. «La forma de trabajar la cerámica ha cambiado mucho, la técnica an-tigua se ha ido perdiendo, por eso hace falta un lugar como este para conservarla y enseñarla al mun-do», cuenta a La Voz Xin Feng, un maestro artesano que supervisa cada vasija que sale de las manos del joven Wang.

译文

中国瓷器之都的传统正在消失

手工制造模具,力求做成最完美模具

低收入迫使景德镇的年轻人寻求其他职业。

政府将旧工厂改造为博物馆,以求保存传统工艺。

王少辉用双手在磨具上塑造着一个小瓷碗,在几分钟之前他已经开始推转磨具以便给瓷碗造型,他不停地制作着一个又一个模具,把它们排成一排。十几分钟后,他终于制造出了一个最完美的模具。这是他从父亲、祖父和家族五代族人那里继承来的最纯粹的手工艺。

"这是耐心和精确度的问题。"王少辉没有抬眼看这些扰乱他注意力疯狂拍照的记者。中国瓷都景德镇新开幕的陶瓷历史博物馆共有一百来人,他是其中的一员。该博物馆由几栋竹麻屋顶的房屋组成,是一座旧时的工厂,这里还保存有500多年历史的陶瓷窑炉。政府试图将这世界闻名的陶瓷制作工艺保存下来,把老工厂改造成了民俗博物馆,使游客们能够欣赏到帝王时期各种用具和花瓶的制造过程。

在过去的30年里,亚洲快速工业化进程对陶瓷行业也产生了影响。这个地处中国南部的城市其经济70%依赖于瓷器,所以需要在更短的时间内生产更多的产品。这一需求改变了生产工艺,很多传统产业

La rápida industrialización ha afectado también al modelo de trabajo de las fábricas de porcelana

Pero no solo el cambio de las técnicas ensombrece el futuro de este delicado arte. Cada vez más jóvenes de la zona deciden emigrar a otras regiones en busca de otras oportunidades laborales.

OJO A LA SILICOSIS

A los salarios bajos, que rondan los 400 euros al mes por jornadas maratonianas, se une la preocu-pación por la silicosis. Esta enfer-medad, causada por la inhalación del polvo, provoca 24.000 muertes cada año en China. Feng Zhouhua conoce bien esta enfermedad.

Sus cuñados y uno de sus hermanos la padecieron después de más de sesenta años trabajando junto a él fabricando jarrones. Pese a eso, este jubilado que acude al museo dos horas al día a cambio de unos 200 euros, no oculta su decepción porque su hijo no quiere dedicarse al oficio familiar. «Mi único hijo trabaja en una central eléctrica. Gana más dinero y tiene una vida más cómoda. Es lo que pasa con los jóvenes, no quieren continuar la tradición», se lamenta Feng.

Precisamente esa es la intención de Wang Shaohui, que sigue mol-deando cuencos a pocos metros de Feng. El próximo año espera acce-der a la Universidad, y entonces dejará la porcelana para siempre.

都因此而消失了。"我们的制陶工艺已经有了很大变化,传统工艺技术正在消失,所以我们需要这样一个地方来保存并向世人展示我们的传统。"负责监管小王手中模具的工艺美术大师邢峰对我们这样说。

工业化的迅速进程影响了陶瓷工厂的工作模式。

然而给这一传统工艺的未来蒙上阴影的不只是技术的改变,越来越多的当地青年决定移居到其他地区,以便寻找其他工作机会。

如今,退休的冯周华还是每天去博物馆两小时。他丝毫不掩饰自己的失望,因为他的儿子并不想从事家族行业。"我唯一的儿子在一家发电厂工作。他赚的钱更多,生活更舒适。现在的年轻人就是这样子,他们不想去延续传统。"冯周华感叹道。

离冯周华几米之外,正在制作瓷碗的王少辉正是这么想的,他希望明年能考上大学,之后就再也不会从事瓷器行业了。

外媒看江西 | 2014 2015
International media coverage of Jiangxi province

来源： 人民网英文频道
作者： 张茜
发布时间： 2014年11月25日
链接： http://en.people.cn/n/2014/1125/c98649-8813685.html

原文/英文

Gallery: Exploring the world's oldest porcelain production line

Jingdezhen is situated in the northeast of Jiangxi and borders Anhui. The central area of the city is in the northeast Poyang Lake Plain.

It is known as the "Porcelain Capital" because it has been producing quality pottery for 1,700 years. The city has a well-documented history that stretches back over 2,000 years.

During the Han Dynasty, Jingdezhen was known as Xinping. Historical records show that it was during this time that it began to make porcelain. Jingdezhen's porcelain has been famous not only in China but in time it became known internationally for being "as thin as paper, as white as jade, as bright as a mirror, and as sound as a bell".

Guo Moruo, an eminent Chinese writer who is also a famous historian and scholar, wrote a poem that reads: "China is well known in the world for its porcelain, and Jingdezhen is the most well-known center, with the highest quality porcelain in China".

Today, the ancient ways of making porcelain by hands has become a national-level intangible cultural heritage, and is well protected and demonstrated at the Jingdezhen Ancient Kilns.

At the workshop, visitors can witness how porcelain is shaped, trimmed, glazed and painted by hands in a demonstration workshop that represents the world's oldest porcelain production line.

译 文

印象照片集：探寻世界上最古老的瓷器生产线

景德镇坐落于江西省东北部，毗邻安徽省。景德镇市中心位于鄱阳湖平原的东北部。

景德镇生产高品质陶瓷的历史已达1700年，素有"瓷都"之称。据史料记载，景德镇的历史可追溯至2000多年以前。

景德镇汉时被称为"新平镇"。史料记载，景德镇的制瓷历史始于汉代。因其所制瓷器素有"薄如纸、白如玉、明如镜、声如磬"的美称，景德镇的瓷器闻名遐迩。

中国杰出的作家、历史学家和学者郭沫若曾作诗盛赞道："中华向号瓷之国，瓷业高峰是此都。"

如今，景德镇传统手工制瓷工艺已入选国家级非物质文化遗产名录，并在景德镇古窑中加以保护和展示。

在瓷器生产演示车间，游客能亲眼目睹瓷器手工成形、修剪、上釉和着色的制作流程。这个车间中展示出了世界上最古老的瓷器生产线。

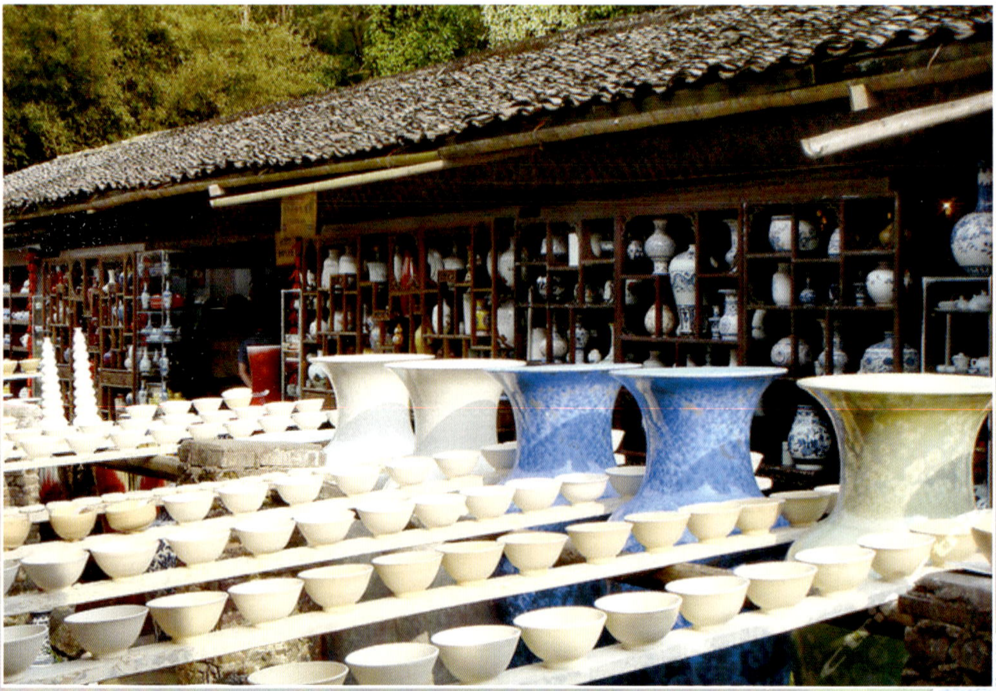

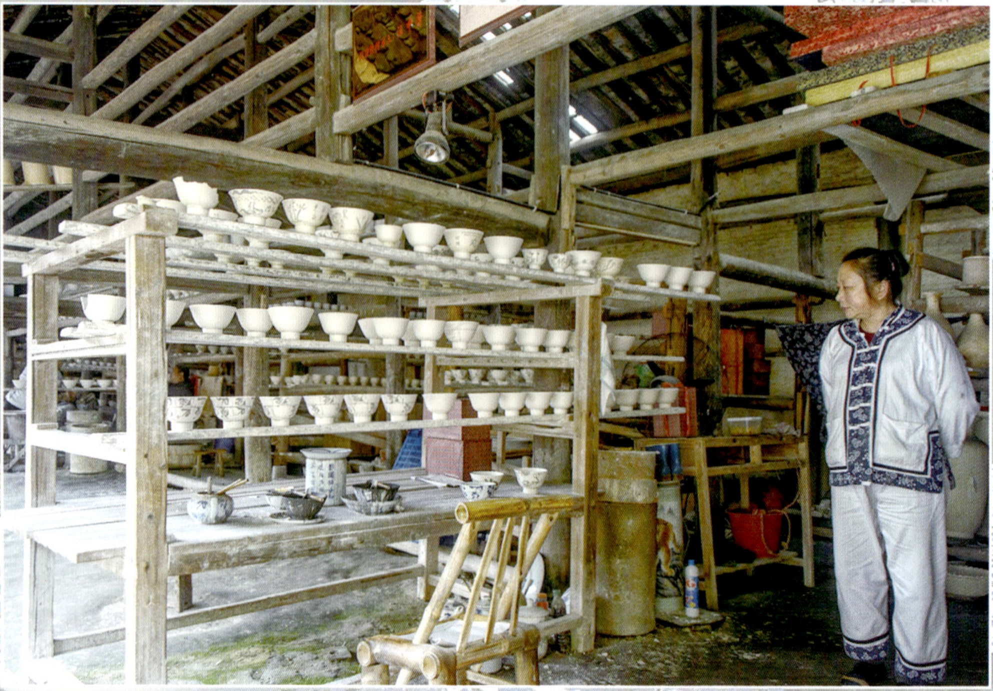

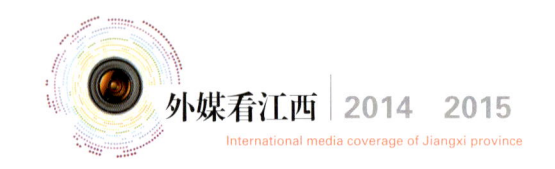

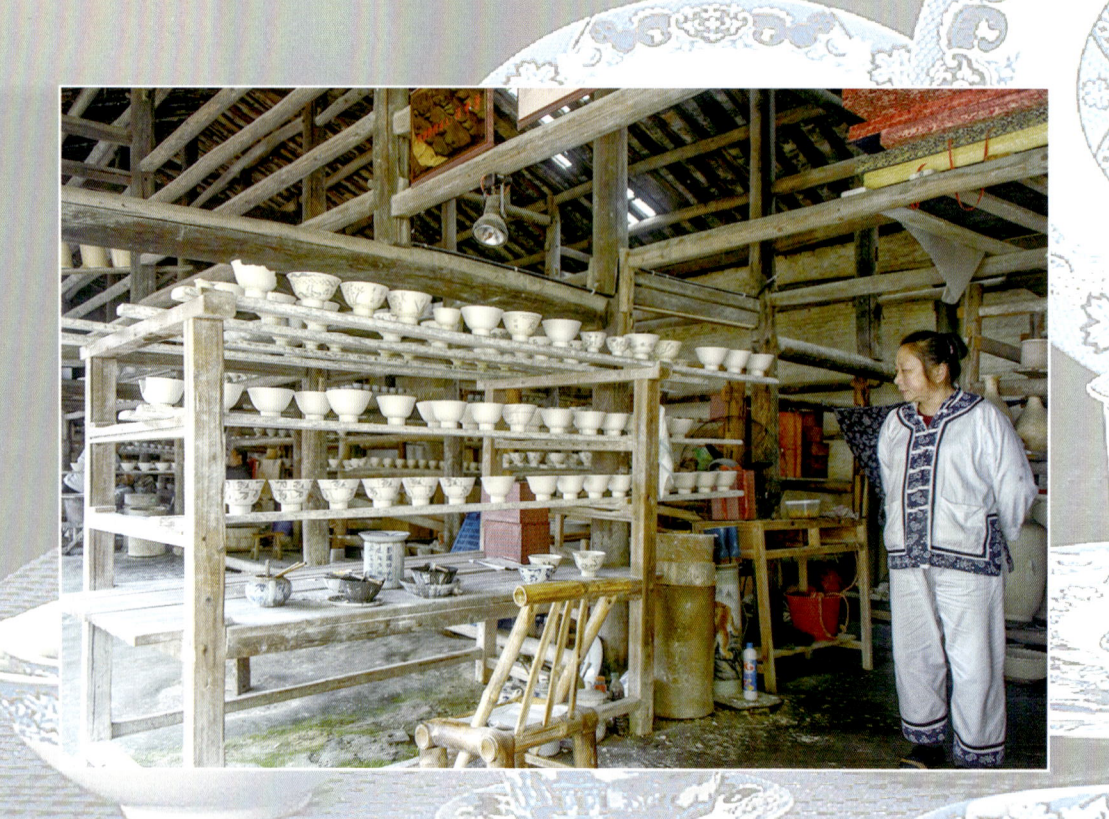

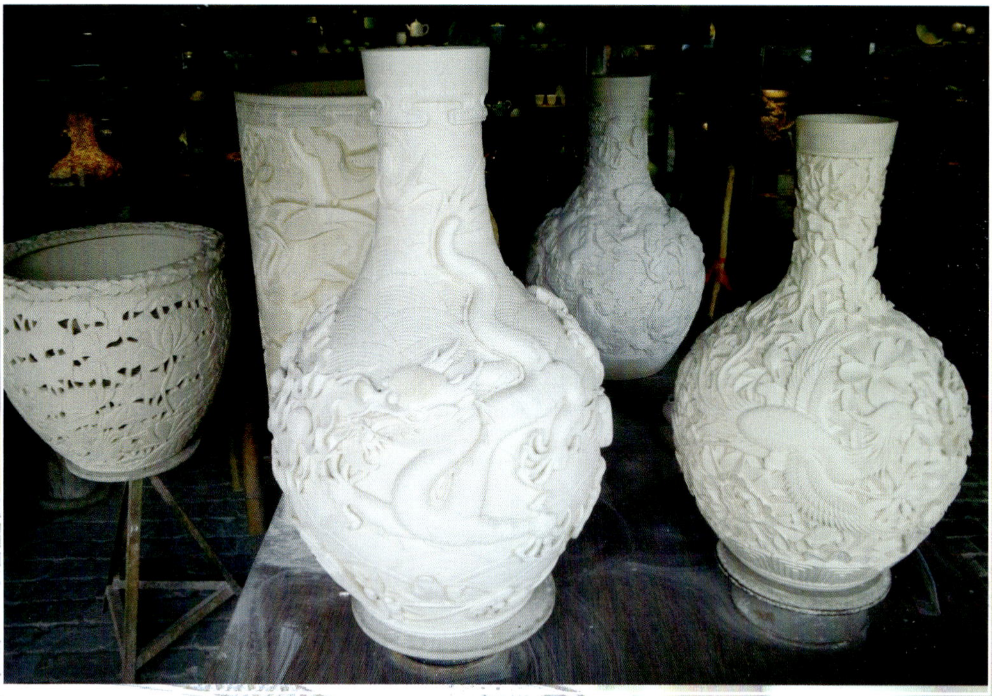

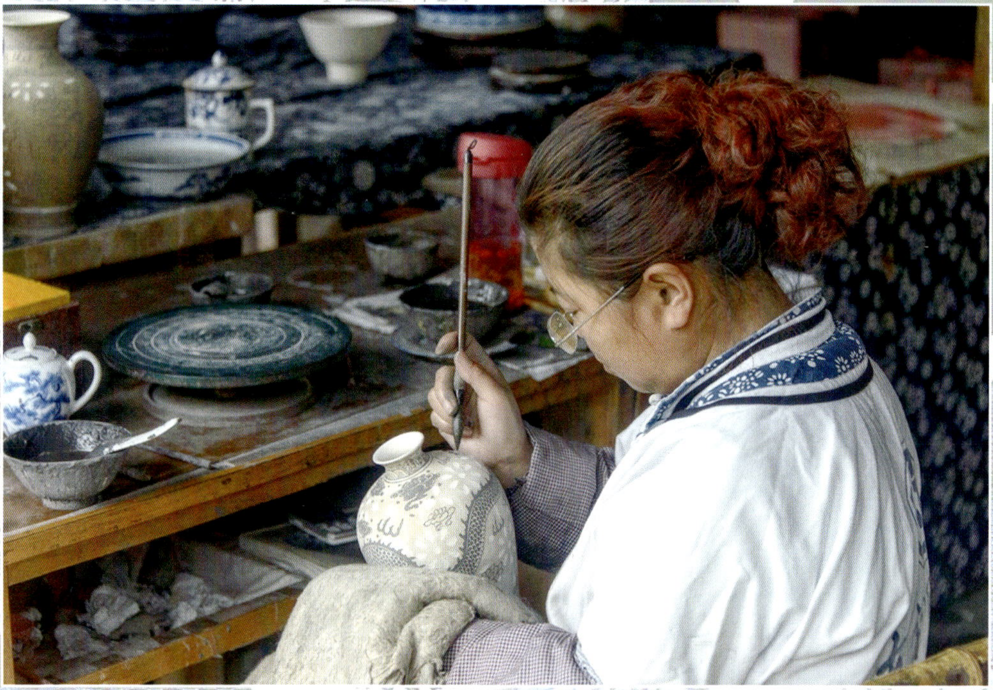

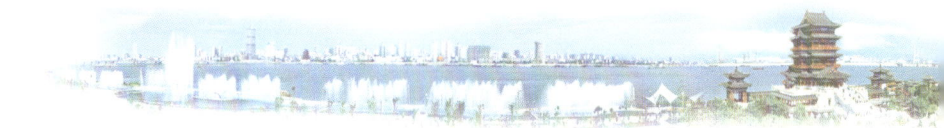

外媒看江西 2014 2015
International media coverage of Jiangxi province

来源：人民网阿拉伯语频道
作者：曾书柔
发布时间：2014年11月20日
链接：http://arabic.people.com.cn/n/2014/1120/c31656-8811572.html

原文/阿拉伯文

خزف جن رو تانغ ـــ حداثة وأناقة

/صحيفه الشعب اليومية أونلاين/ ,09:22 November 20, 2014

20 نوفمبر 2014 /صحيفة الشعب اليومية أونلاين/ زار وفد إعلامي متكون من 40 مراسلا أجنبيا جن رو تانغ في مدينة جيندتشن، عاصمة الخزف الصينية بعد ظهر يوم 18 نوفمبر الحالي في اطار فعاليات " جيانغسي في عيون المراسلين الاجانب " التي تنظمها شبكة الشعب بمشاركة قسم الدعاية للجنة جيانغسي التابعة للحزب الشيوعي الصيني ولجنة التنمية السياحية لمقاطعة جيانغسي وستستمر لأسبوع واحد.

وزار المراسلون مركز جن رو تانغ لتصميم وصناعة الخزف بالطريقة الحديثة، وقام الوفد بمقابلة جماعية لصاحب جن رو تانغ، الفنان وو يي شين، و قال الاخير، انه من اسرة غنية في قوانغتشو، ويحب الفنون منذ طفولته، وبعد تخرجه من جامعة تاريخ الفن الجميل في أستراليا، قام منذ عام 1994 بالتجارة في مؤسسات أسرته، وحاليا يعمل مدير عام لعدة الشركات عن مختلف القطاعات مثل العقارات والمالية والبتروكيماويات والخ. وفي بؤرة ازدهار أعماله، اختار العودة الى الحياة الأصلية، وقال" شعرت بالإزعاج، وأريد التخلص من التجارة المتعبة، وأتابع قلبي لأبقى في مكان هادئ وأعمل ما أحبه."

لذلك، أسس وو يي شين في عام 2009 جن رو تانغ، وبدأ حياته البعيدة عن الصخب في ضاحية مدينة جيندتشن وعمل على تصميم وصناعة الخزف. وقال: "أحب الخزف لأنه صاف وذي الإنسانية، مثل الرجل النبيل."

> 译 文

真如堂瓷器——现代、雅致

2014年11月18日，由40余名外媒记者组成的媒体采风团参观了中国瓷器之都景德镇真如堂。据悉，11月14日启动的为期一周的"外媒看江西"活动由中共江西省委宣传部、江西省旅游发展委员会、人民网共同举办。

记者们参观了真如堂现代方式的瓷器制造和设计中心，并会见了真如堂的创始人——艺术家伍一淘。他说，他出身在一个广州的富裕家庭，从小热爱艺术。从澳大利亚艺术大学毕业之后，1994年接管了家族的贸易企业，他在多个不同领域的公司担任总经理一职，如房地产、金融、石化等。在繁荣的商贸中心，他选择回到原本的生活："我觉得不自在，所以想摆脱令人疲惫的商务琐事，我想跟随着自己的内心，留在一个安静的地方，做我喜欢做的事。"

2009年，伍一淘创办了真如堂，在景德镇的郊区开始了他远离城市喧嚣的生活，着手设计和制作瓷器。他说："我喜欢瓷器，因为它纯粹、有人性，像一个高尚的人。"

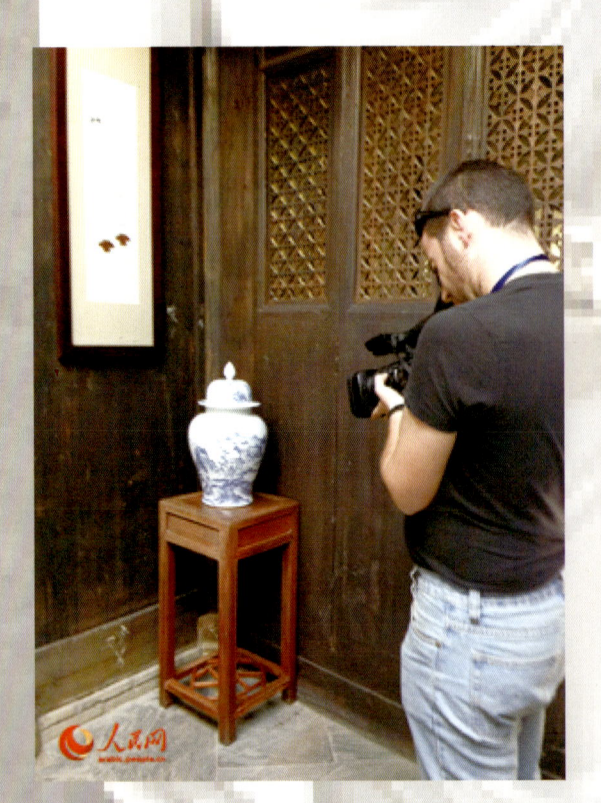

外媒看江西 | 2014 2015
International media coverage of Jiangxi province

134

135

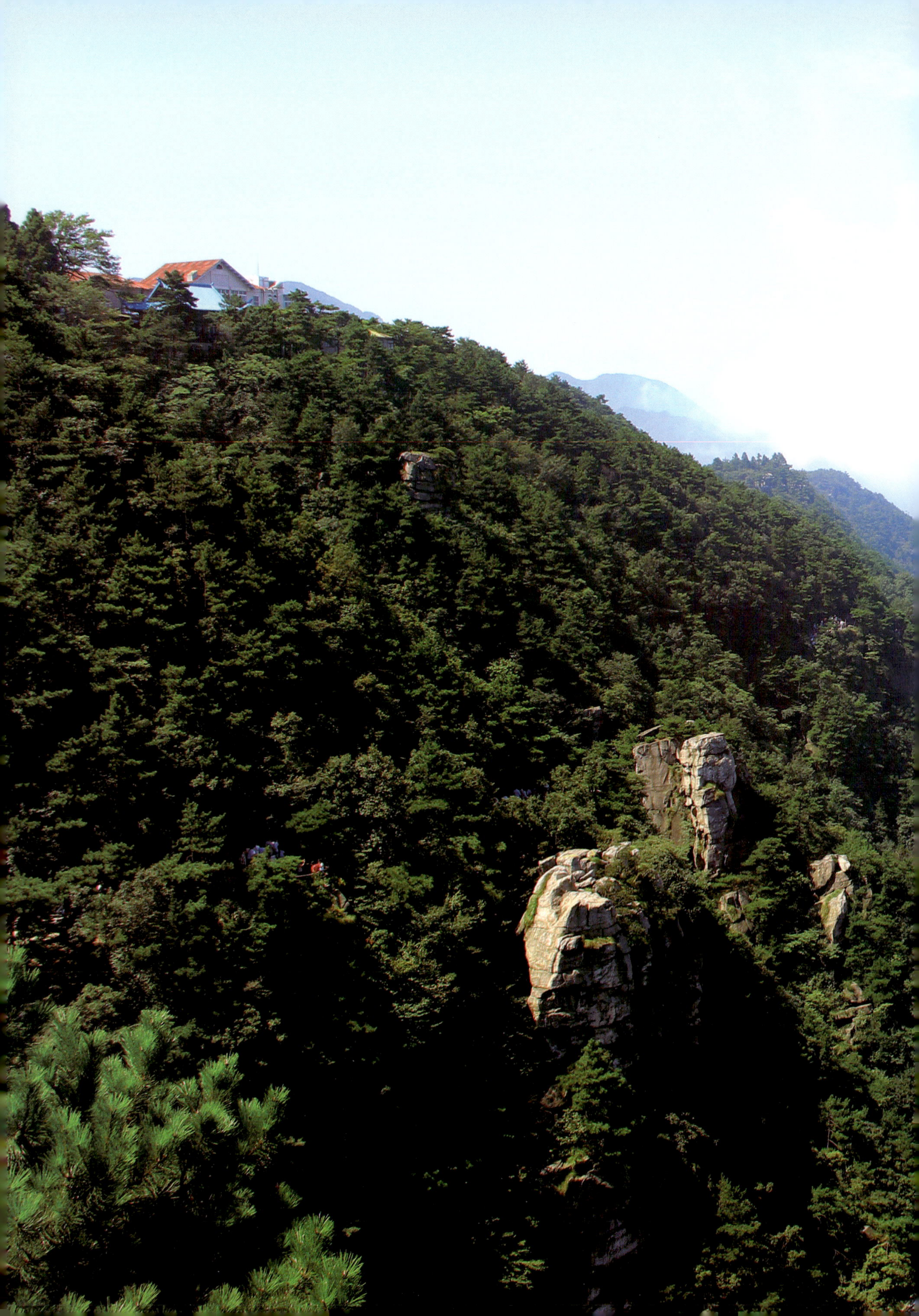

第四站　Fourth stop:Jiujiang
九江

来源：人民网西班牙频道
作者：湖长明
发布时间：2014年11月20日
链接：http://spanish.peopledaily.com.cn/n/2014/1120/c204699-8811783.html

原文/西班牙文

Lushan, montaña sagrada del budismo, con hermosos paisajes y reliquias culturales

En la mañana del 19 de noviembre de 2014, los periodistas extranjeros visitaron un monte sagrado del budismo, la montaña Lushan, que se encuentra en la parte sur de la ciudad de Jiujiang, en la provincia de Jiangxi, junto al Lago Poyang. Es una de las montañas más famosas de China y cubre un área de 300 kilómetros cuadrados.

El Pico Dahanyang, el más alto, se eleva a 1.474 m sobre el nivel del mar. En la montaña también hay otros picos imponentes, cataratas singulares, sitios históricos y un mar de nubes cambiantes.

Los paisajes de la montaña de Lushan han sido siempre muy famosos. Allí, hay cerca de 4.000 fragmentos de poemas, en 400 inscripciones en los acantilados, así como muchos trabajos de pintura y caligrafía, junto a más de 500 figuras de personajes que han vivido a lo largo de nuestra historia. Por esta razón, a Lushan se la conoce como "el reino de la prosa" y "la montaña de la poesía." Un poema muy famoso del escritor chino Su Shi, dice así "no se conocen las caras verdaderas de Lushan, sí solamente la mira desde el centro". Muchos intelectuales han escrito poemas para alabar sus paisajes, entre ellos Bai Juyi, famoso poeta de la Dinastía Tang.

La montaña Lushan se encuentra a una considerable altura sobre el nivel del mar y hay muchos picos. Por tal motivo, al inicio del verano la gente todavía puede disfrutar de la primavera en la montaña Lushan.

Los lugares de mayor interés son el Pico de los Cinco Ancianos, la Fuente de las Tres Caídas, el Paso Hanpo, el Lago Lulin, el Lago Mayor del Cielo, el Camino de las Flores, el Lago Ruqin, el Valle Jingxiu, la Caverna de los Inmortales, el Lago Menor del Cielo, el Templo Donglin, la Academia del Ciervo Blanco, el Jardín Botánico de Lushan y el Museo de Lushan.

Lushan no sólo es bien conocida por sus hermosos paisajes con escarpados picos, nubes y profundo valle, sino también por sus reliquias culturales y larga historia.

La actividad "Medios extranjeros visitan Jiangxi" ha sido organizada conjuntamente por la Oficina de Turismo Provincial de Jiangxi, el Departamento de Propaganda del Partido Comunista en Jiangxi y Pueblo en Línea.

译 文

庐山，风景秀丽，古迹众多的佛教圣山

2014年11月19日上午，外国记者参观了佛教圣山庐山。庐山位于江西省九江市南部，地处鄱阳湖畔。它是中国最著名的山脉之一，占地300平方公里。

庐山的最高峰大汉阳峰海拔1474米。庐山上还有其他宏伟的山峰、奇特的瀑布、历史遗迹和变幻的云海。

庐山风景著名。这里的悬崖上大概刻有400处铭文，包含了4000多首诗篇，此外还刻有很多绘画和书法作品以及500多幅人物肖像，随着时间的流逝这些都得以保存下来。正是因为这样，庐山被人们称为"文国"和"诗山"。中国著名的文学家苏轼在诗赋中说："不识庐山真面目，只缘身在此山中。"许多文人墨客都写诗作赋来赞美庐山的美景，其中包括唐代著名诗人白居易。

庐山的海拔相当之高，而且山峰众多。因此，在庐山的初夏，人们仍然可以享受到春天的景色。

庐山的主要景点有五老峰、三叠泉、含鄱口、芦林湖、大天池、花径、如琴湖、锦绣谷、仙人洞、小天池、东林寺、白鹿洞书院、庐山植物园和庐山博物馆。

庐山除了以其美丽的风景、崎岖的山峰及云海和深谷而闻名于世，同时还拥有著名的文物古迹和悠久的历史。

本次"外媒看江西"活动由中共江西省委宣传部、江西省旅游发展委员会及人民网共同主办。

来源：人民网西班牙频道
作者：湖长明
发布时间：2014年11月20日
链接：http://spanish.peopledaily.com.cn/n/2014/1120/c204699-8811773.html

原文/西班牙文

Periodistas extranjeros visitan el Templo Donglin con la estatua de Buda más grande del mundo

En la tarde del 19 de noviembre de 2014, los periodistas extranjeros visitaron el Buda de Donglin, en el condado Xingzi de Jiangxi.

Unos trabajadores, subidos en un andamio, participan en las labores de rehabilitación, hoy lunes, en el Templo Donglin en el Condado de Xingzi en Jiujiang, provincia de Jiangxi, al este de China, en la que se cree que es la estatua de bronce de Buda Amitabha, más alta de su tipo en todo el mundo, con una altura de 48 metros de altura.

La estatua de Buda más alta del mundo fue terminada hace tan solo un año. Fue inaugurada el 23 de enero de 2013, cuando revelaron su rostro y torso cubiertos de oro.

La estatua mide 48 metros de altura y costó mil millones de yuanes, unos 162 millones de dólares. Para su construcción se utilizaron 48 kilos de oro para el revestimiento.

La nueva estatua se encuentra en las instalaciones de Donglin Si, un templo que fue fundado en el siglo cuarto. Según la tradición budista, fue aquí donde monje Huiyuan inició la enseñanza de la Tierra Pura. El templo está a unos 50 km al noroeste de Lu Shan, uno de los destinos turísticos más importantes de China.

La estatua ha sido bañada, con un total de 48 kilogramos de oro. El fondo para el proyecto proviene de donantes dentro y fuera de China.

China entera por si riqueza cultural está llena de monumentos, templos y montañas sagradas dedicadas a sus religiones mayoritarias, el taoísmo y el budismo.

La actividad "Medios extranjeros visitan Jiangxi" ha sido organizada conjuntamente por la Oficina de Turismo Provincial de Jiangxi, el Departamento de Propaganda del Partido Comunista en Jiangxi y Pueblo en Línea.

译文

外国记者参观东林寺及世界上最大的佛像

2014年11月19日下午，外国记者参观了位于江西省星子县的东林大佛。

今天是周一，在中国东部的江西省九江市星子县，脚手架上的工人们正在对高达48米的阿弥陀佛铜像进行修复工作。这座铜像被认为是世界上最高的阿弥陀佛塑像。

这座世界最高的佛像一年前才竣工完成，落成于2013年1月23日，铜像面部和周身都覆盖着黄金。

这座雕像有48米高，耗资10亿元人民币，约合1.62亿美元。全身使用48千克的黄金作为外部贴金，所有资金来自于中国和海外人士的善款。

这座全新的雕像坐落于东林寺，该寺始建于公元四世纪。那时，高僧慧远开始讲经弘法，传播净土宗。据介绍，东林寺地处庐山西北50公里处，是中国最重要的旅游景点之一。

中国拥有丰富的文化和众多文物古迹，如寺庙和圣山，均来自中国两大宗教——佛教与道教。

本次"外媒看江西"活动由中共江西省委宣传部、江西省旅游发展委员会及人民网共同主办。

来源：人民网英文频道
作者：张茜
发布时间：2014年11月16日
链接：http://en.people.cn/n/2014/1126/c98649-8814355.html

原文/英文

A glance of World's tallest Amitabha Buddha in E. China

The Donglin Temple is a Buddhist monastery approximately 20 kilometres (12 mi) from Jiujiang, Jiangxi Province, China. Built in 386 CE at the foot of Lushan by Hui-yuan, founder of the Pure Land Sect of Buddhism, it is well known for the long period of time that has stood without collapsing.

The monastery reached its peak of influence during the Tang Dynasty (618 - 907 CE), but was severely damaged during the Taiping Rebellion and was almost destroyed during the Republican period (1912 - 1949) of Chinese history. It currently houses a small community of monks supported by a small farming village in the neighboring town.

Various other places are named after this temple, including Donglin Academy and Donglinyuan.

译 文

世界最高阿弥陀佛铜像——东林大佛一览

东林寺距离中国江西省九江市约20公里（12英里），坐落在庐山山脚下，建成于公元386年，创立人是佛教的净土宗创始人慧远大师。东林寺因其历史悠久、屹立不倒而闻名于世。

东林寺的影响在中国唐朝（公元618—907）达到鼎盛。但是它在太平天国运动时受到了严重破坏，在民国时期（公元1912—1949）几乎被破坏殆尽。现在寺中容纳着为数不多的僧侣，他们依靠邻镇的小农村维持生计。

许多地方都以东林寺命名，比如东林学院和东林苑。

来源：中国日报网
作者：蒋婉娟
发布时间：2014年11月19日
链接：http://www.chinadaily.com.cn/travel/2014-11/27/content_18987766.htm

原文/英文

World's tallest Buddha statue in Donglin Temple

The 48-meter-tall Buddha statue in Donglin Temple is believed to be the tallest of its kind in the world. It cost 1 billion yuan ($162 million) to build and used 48 kilograms of gold for gilding. Construction ended in 2013, and the funds for the statue came from disciples and philanthropists from around the world.

Located on the northwestern slope of Mount Lushan, Donglin temple was first built by Huiyuan, a noted monk of the Eastern Jin Dynasty (317-420). It is also the birthplace of the Jingtu (Pure Earth) Sect of Buddhism.

译 文

世界最高的东林寺佛像

　　东林大佛高达48米，被公认为世界最高的阿弥陀佛铜像。这座铜像建设项目共耗资10亿元人民币（约合1.62亿美元），其中镀金使用了48千克黄金，于2013年完工。东林大佛的建设资金全部来自全世界各地的信徒和慈善人士的捐赠。

　　东林寺位于庐山西北麓，系东晋（公元317—420）名僧慧远大师所建。这里也是佛教净土宗的发源地。

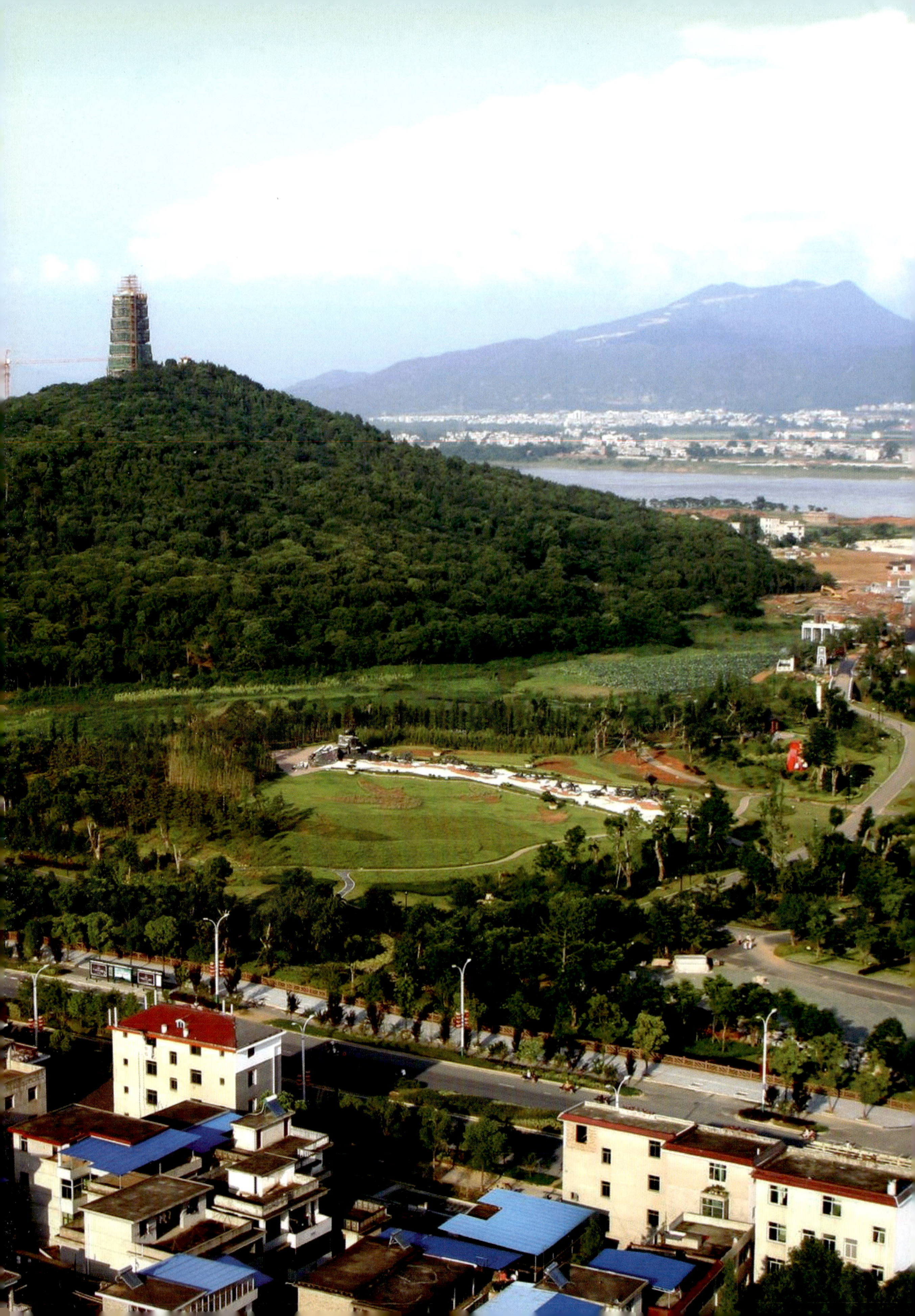

第五站　Fifth stop:Ji'an

吉安

来源： 中国中央电视台阿拉伯文频道
作者： 萨米撒
发布时间： 2015年12月21日
链接： http://arabic.cntv.cn/2015/12/21/VIDE1450687320800654.shtml

原文/阿拉伯文

قرية يان فانغ تاريخ قديم وأصالة نادرة

إن نشاطات "جيانغشي في عيون المراسلين الأجانب لعام 2015" تسلط الضوء على المقاصد السياحية والتاريخية والثقافية الرائعة في هذه المقاطعة، توجه مراسلنا الى قرية يان فانغ التي يعود تاريخها الى نحو تسعة قرون من الزمن ووافنا بالتقرير التالي.

تقع قرية يان فانغ المشهورة بتاريخها العريق وثقافتها الأصيلة في مدينة جيان بمقاطعة جيانغشي جنوب شرقي الصين ويعود تاريخها الى نحو تسعة قرون من الزمن وتضم 102 من الدور السكنية التي شيدت في عهد أسرتي مينغ وتشينغ الملكيتين اللتين حكمتا الصين فيما مضى من الزمن فضلا عن احتواء القرية لعدد من المباني التاريخية المهمة مثل معبد الأسلاف والقوس التذكاري والمدارس وآبار المياه العذبة والنقوش المتنوعة وغيرها. كما يمكن مشاهدة رسومات ولوحات مثبتة على أبواب المساكن في هذه القرية، أما في داخل المساكن فهناك الأعمدة الرخامية وأثاث متنوعة مصنوعة من مواد خشبية أو صخرية في حين تنتشر في القرية ومحيطها أعداد كبيرة من أشجار الكافور المعمرة وبساتين البرتقال وأحواض المياه القديمة لتجسد صورة تاريخية وثقافية مترابطة العناصر وعميقة الجذور وتؤطر لحالة إنسانية واجتماعية على قدر عال من التناغم والانسجام. وتحيط بالمباني التاريخية الأسوار وقنوات المياه ويقطن القرية أكثر من 140 أسرة تعداد أفرادها نحو 700 شخص. وللوقوف على تاريخ القرية والمراحل التي مرت بها التقينا أحد الإداريين المسؤولين عن إدارة وتنظيم العمل فيها حيث رافقنا في رحلتنا في هذه القرية.

في هذا الدار الذي يفوح منه شذى التاريخ الممتد لعدة قرون من الزمن التقينا مالكه وهو أحد القرويين الذين يعيشون في هذه القرية والذي ورث الدار عن آبائه وأجداده. وجل ما شد انتباهنا في هذا الدار هو هذا السرير الخشبي التاريخي المصنوع بحرفية عالية ونقوش رائعة يعلوها طلاء بلون الذهب والذي يتربع في غرفة نومه. ولدى سؤالنا صاحب الدار عن هذا السرير وما يحمله من معان ومضامين بالنسبة للعائلة قال إنه يعتز جدا بهذا السرير الذي يعود الى عهد أسرة تشينغ الملكية الحاكمة في الصين.

ساكن في قرية يان فانغ:" تم إبلاغنا عن طريق الصحف المحلية بضرورة الحفاظ على الأثاث التاريخية أو أي أشياء أخرى ذات قيمة تاريخية مهمة في قريتنا، فما كان علينا إلا أن نولي اهتماما كبيرا لهذه القضية التي تتعلق بإرث البلاد وتاريخها."

يتميز البناء والعمران في هذه القرية بنوع من الخصوصية تميزه عن القرى التاريخية الأخرى المماثلة والمنتشرة في باقي مناطق الصين.

يان قوه بي، موظف في قرية يان فانغ:" يعد أسلوب البناء في قرية يان فانغ فريدا جدا. فهو مختلف عن طراز الدار المربعة من المساكن ذات طابق واحد في بكين كما يختلف أيضا عن طراز البناء في جنوب الصين الذي يتميز بوجود باحة داخلية حيث يتميز البناء في قريتنا بوجود الباحة في خارج المبنى وليس وسطه."

(كلام باسم السامرائي، المراسل بتلفزيون الصين المركزي، بالعربية)

译 文

古老历史的燕坊村

"2015外媒看江西"主要目的是向世界展示江西丰富的旅游、历史和文化资源，记者们参观的燕坊村，将他们带回了距今约9世纪的时代。

历史悠久而文化古老的燕坊村位于中国东部江西省吉安市，其历史可以追溯到大约九世纪，其中有102座建筑是中国明清时期修建的，成为历史考察的重要依据。他们有祠堂、私塾、池塘、水井以及一些雕刻在石头上的铭文，在这个村子的建筑大门上常会看到一些油画或者素描在上面，进入大门你会看到大理石柱子，以及由木头与岩石做成的家具，在村子的周围有大量的桉树和柑橘园，这些与古老的水池和根深蒂固的历史文化、人文价值以及社会价值融为一体。在历史建筑，围墙，水渠构成的古老村庄里一共有140多户居民居住在这里，大约700人左右。为了解这个古老村落的历史，我们找到了这个村落的管理负责人员，在他们的陪同介绍下开始了我们探索的行程。

我们所参观的这座房子已经有数百年的历史了，在我们进行参观的时候，遇到了房子的主人，他给我们介绍说这所房子是他从爷爷的爷爷那里继承来的。当我们把注意力投放到沥着金色油漆并有精雕玉琢的床头时，他自豪地说这张床对他们家的意义非常大，因为它的历史可以追溯到清朝。

居住在燕坊村的村民说：我们已经通过当地媒体和报纸告知要保留历史家具和其他任何有历史价值意义的东西，我们已经高度地重视这个问题，因为它已经涉及了国家的历史遗产。

这个古老村落独特的建筑与历史使得这个村子与其他散布在中国的古老村落区别开来。

闫国兵，燕坊村的一名工作人员，他说道："燕坊村的建筑方式和风格十分得特殊，它既不同于北方的平房建筑特点也不同于南方的建筑特点，而这些特点就是在他们村的建筑中有庭院，一般庭院都是在院中，但是我们村的庭院是在院外，这就是我们的特点。"

来源：中国中央电视台阿拉伯文频道
作者：萨米撒
发布时间：2015年12月23日
链接：http://arabic.cntv.cn/2015/12/23/VIDE1450860727365138.shtml

原文/阿拉伯文

معهد يانغ مينغ ثقافة وتاريخ ورسالة الماضي الى الحاضر

ليس الجمال والطبيعة الساحرة هما كل ما يميز مدينة جي آن بمقاطعة جيانغشي بل عرف عن تلك المدينة تاريخيا احتضانها للثقافة والمفكرين والفلاسفة الذين كانوا فرسانا يعتلون صهوة الفكر الأصيل والثقافة الشاملا ولعل معهد يانغ مينغ الذي تبلورت النواة الأولى له في حجرة درس في كهف جبلي يجسد أروع نموذج لحالا التواصل الفكري والثقافي التي تربط الماضي بالحاضر وتبقي على التواصل بين الأسلاف والأحفاد.

تأسس معهد يانغ مينغ في مدينة جي آن على جبال تشينغ يوان بمقاطعة جيانغشي عام الف وثمانيمنة وتسعة وثلاثين في عهد أسرة تشينغ الملكية في الصين وذلك إحياء لذكرى الفيلسوف والعالم التربوي الصيني وانغ يانغ مينغ. في هذا المكان الذي يعبق كل شيء فيه بعطر التاريخ يعج بالمناظر الخلابة وسحر الطبيعة لجبال تشينغ يوان. وأنت تتجول في أروقة المعهد ستوقفك الكثير من المفردات الثقافية المفعمة بالجودة والإصالة فهذه مخطوطة فنية رائعة من أعمال الخطاط المشهور تشوشي.

وهنا صالة تشوان شين التي كانت فيما مضى من التاريخ شاهدا على الدروس والمحاضرات التي يلقيها الأساتذة والمفكرون على طلبتهم. وتعني تشوان شين تقديم خلاصة الفكر وعصارة التجربة الى الطلاب. الطلاب الذين تأثروا بفكر ونظرية الفيلسوف وانغ يانغ مينغ قد أسسوا هذه القاعة لإلقاء الدروس على الاخرين ويعشق العديد منهم هذا المكان الذي هو عبارة عن حجرة درس يتعلمون فيها كل ما تحتويه نظرية ' الضمير الحي" للفيلسوف وانغ يانغ مينغ.

معبد وو شيان يعد جزءا مهما من معهد يانغ مينغ ومعني هذه الكلمة هو الرجال الفاضلون الخمسة وفي هذا المعبد كان الأسلاف يحيون ذكرى أساتذتهم وهم وانغ شو رن وتسو شو يي وولوه هونغ شيان ونيه باو و وو يانغ ده وهؤلاء الخمسة الفاضلون كانوا على صلة وثيقة مع وانغ يانغ مينغ ويجتهدون من أجل نشر وتعليم نظريته في " الضمير الحي" وتعد شعائر إحياء ذكرى الأسلاف في هذا المعبد من الأمور المهمة في الماضي لانها تعكس إحترام الطلاب لأساتذتهم.

الإضافة إلى صالة تشوان شين ومعبد وو شيان، يوجد في هذا المعهد أيضا أماكن متعددة منها ما هو مخصص لأداء امتحانات الطلاب كما هناك حجرة للمطبخ وأخرى للحمام فضلا عن مكتبة صغيرة يتردد اليها لطلاب بهدف المطالعة. لوه لي تشيونغ موظفة تعمل في المعهد وترى أن هناك أسبابا موضوعية لإنشاء هذا المركز التعليمي في هذه المنطقة.

وه لي تشيونغ، الموظفة في معهد يانغ مينغ:" لماذا ظهر معهد يانغ مينغ في مدينة جيان، ولماذا ينشر نظرية ' الضمير الحي" ويروج لها بهذا القدر من الأهمية لأنها تتبع من فكر وثقافة لولينغ. فالمعهد في مدينة جيان لتي كانت قديما تحمل اسم لولينغ مما يساعد على سرعة إنتشار هذه الثقافة التي من الممكن شيوعها في عموم لصين."

ني مكتبة المعهد الصغيرة التي تفوح منها رائحة الكتب الموغلة بالقدم والتي تشكو من تمزق بعض أوراقها بفعل تقادم الزمن، في هذا المكان يمكنك أن تستحضر روح و وقع تلك اللحظات التاريخية الجليلة المفعمة بالحيوية والاجتهاد حيث كان الطلاب ينكب بكل جد وحماس على مطالعة الكتب والتمعن بالأفكار والمضامين التي جاء بها معلمهم الأول الفيلسوف وانغ يانغ مينغ وكذلك من جاء بعده من الأتباع والمريدين الذين ساروا على دربه في تعليم ونشر نظريته في الضمير الحي والأخلاق الحميدة التي قضى عمره من أجل إيصال رسالتها اليهم والى القادم من الأجيال.

(كلام، باسم السامرائي، مراسل تلفزيون الصين المركزي، بالعربية)

译 文

阳明书院的历史　从过去到现在

除了迷人的环境，江西省吉安市还以历史文化闻名。在历史上这里是文化摇篮，有很多的思想家和哲学家都出自这里，例如阳明书院，就是体现了知识与思想连接的最好例子，使祖先与后代的文化联系在一起。

阳明书院是为了纪念中国哲学家王明阳，于清王朝统治时期的1839年建立于江西省吉安市青原山上。这个地方弥漫着历史的气息，与青原山上的美景融为一体，当您漫步在园区内，会看到著名理学家朱熹的书画作品。

传心堂是历史上老师向学生传授知识的地方，传授的意思是将思想和经验传授给学生，然后让学生们自己总结，这个地方是王明阳主要传业授课的地方。学生在这里进行学习，王明阳所提倡的"心学"就是出自这里。

五贤祠是明阳书院的一个组成部分，是五位贤人为纪念他们的老师而建，这五个人都与王明阳关系密切。对他们老师的思想进行宣扬，反映了他们对老师的尊敬与爱戴。

除了传心堂和五贤祠，在书院还有专为学生考试而设立的房间，还有厨房，卫生间以及阅读性质的小书房。罗一祥，书院的工作人员，他说道，这些设施就说明阳明书院就是以教育为目的而设立的。

罗一祥说，为什么阳明书院出现在吉安市？为什么传播出"心学"这样的重要思想？这是因为庐陵的思想和文化造成的，该书院建在吉安，可以更快地将思想传布全国。

在充满书香气息的小书房里，你会感受到你与时间和书籍融为一体，穿梭在历史的空间中，尽情地呼吸，在这个地方你会感到精神焕发，思想变得异常的活跃，智慧与思想在你的脑海中翻滚，而这些，正是王阳明留给后人的智慧，而他的智慧与教育思想将会继续感染和教育后人。

来源：中国中央电视台阿拉伯文频道
作者：萨米撒
发布时间：2015年12月22日
链接：http://arabic.cntv.cn/2015/12/22/VIDE1450773728572917.shtml

原文/阿拉伯文

حديقة لولينغ الثقافية والايكولوجية تحفة فنية رائعة تتربع على جبل شامخ

تتميز حديقة لولينغ الثقافية والإيكولوجية في مدينة جيان بمقاطعة جيانغشي الواقعة شرق الصين بموقع جميل ساحر وطبيعة خلابة وفريدة جعلها تتبوأ مركزا سياحيا متقدما وتجتذب سياحا من كل مكان. نقدم اليكم التقرير التالي الذي أعده مراسلنا الذي زار هذا الصرح السياحي الرائع الذي يتربع على جبال لوتسي ويحتضن بحيرة لولينغ الشهيرة.

(كلام باسم السامرائي، مراسل من تلفزيون الصين المركزي، بالعربية)

تتربع حديقة لولينغ الثقافية والإيكولوجية بطبيعتها الخلابة وجمالها الساحر على جبال لوتسي بمنطقة احتجاز مياه الفيضان في مدينة جيان بمقاطعة جيانغشي، مع العلم بأن هذه الحديقة التي تعد معلما سياحيا وتاريخيا هاما قد أفتتحت في عام 2011. وبسبب ما تحتويه من مراكز جذب وعناصر تشد السياح اليها، تحولت في عام 2012 الى منطقة سياحة متميزة في الصين، ولعل أبرز ما يشد الزائر الى هذا الصرح الجمالي الساحر هو التمتع بمناظرها والتقاط الصور لواحدة من أقدم أشجار الكافور تنتصب شامخة في هذه الحديقة ويبلغ قطرها أكثر من 3 أمتار وارتفاعها 15 مترا وتزن نحو 112 طنا.

بالإضافة الى العناصر الجمالية المتمثلة ببحيرة لولينغ وما يحفها من طيور ويحيط بها من أشجار، تعرض الحديقة أيضا بعدا آخر ذا قيمة وطنية وتاريخية تتجسد بالنصب والمنحوتات والتماثيل الرائعة التي تعبر عن مرحلة الجيش الصيني الأحمر بقيادة الزعيم الراحل ماو تسي تونغ والتي تمنحها زخما فنيا وتاريخيا متميزا.

ولدى انتقالنا الى الجانب الثقافي الذي يجسد العادات والموروثات الفكرية والثقافية والاجتماعية، نجد أن العديد من مدن مقاطعة جيانغشي حاضرة وبقوة بهذا الركن الهام من الحديقة، ولعل عرض ثقافة محافظة جيتشوه أكبر دليل على أهمية البعد الثقافي لهذا الصرح السياحي والتاريخي المتعدد الوظائف.

ولأن حديقة لولينغ الثقافية والإيكولوجية قد أنشئت على جبال لوتسي في منطقة احتجاز مياه الفيضان في موسم الأمطار، فهي تلعب دورا حيويا للحيلولة دون حدوث الفيضانات، أما في موسم الجفاف فهي تعمل على إيجاد حالة من التوازن في مياه بحيرة لولينغ الساحرة التي تقع ضمن هذه الحديقة وبذلك فهي تمارس ثلاثة أدوار في نفس الوقت بمعنى أنها حديقة إيكولوجية وهي أيضا حديقة ثقافية لعرض مختلف ثقافات مدن مقاطعة جيانغشي، كما هي حديقة تتحكم بمياه الفيضان وتدرأ أخطار الفيضانات عن المدينة.

شن يي شيو، موظفة في حديقة لولينغ الثقافية والإيكولوجية:" نحن الآن في حديقة لولينغ الثقافية والايكولوجية، وأن حديقتنا تتضمن قيما ومعاني ثقافية، وأيضا تحتوي على المناظر الطبيعية الخلابة والساحرة مثل بحيرة لولينغ. هنا توجد جبال شامخة ومياه نقية وحياة صديقة للبيئة، كلها تتجسد بعمق ثقافة لولينغ. وكما قال الرئيس الصيني شي جين بينغ: عندما نشاهد الجبال والمياه، علينا أن نتذكر بشكل دائم مسقط رأسنا. أظن أن حديقتنا هذه تجسد قول الرئيس شي."

译 文

庐陵文化生态园

庐陵文化生态园位于中国东部的江西省吉安市，其迷人的景色和壮丽的景观以及独特的构造，使它成为了最受欢迎的旅游中心，吸引着来自世界各地的游客。以下是记者游览惊奇美妙的螺子山和著名的庐陵湖的评述。

庐陵文化生态园于2011年开馆，这标志着该园区正式向游客开放，由于庐陵文化园的游览资源非常受游客欢迎，2012年庐陵文化园转变成了一个独特的旅游区，该园区风景迷人，使游客陶醉于这片迷人的美景中，美不胜收，其中在公园中有一棵直径超3米，高15米，重112吨的樟树，使人大开眼界。

除了庐陵湖的美景和四周环绕的树木以及鸟儿的叫声，园区还有一个特色的地方，那就是在园区中有一群宏伟的雕刻与雕塑，主要反映的是在毛泽东领导中国红军的英雄历史。

当我们把视线回归到历史文化，社会风俗习惯时，我们发现江西省的各个地区的文化在这个公园的各个角落都有体现，这体现了江西省重视文化，重视将历史文化与旅游功能联系在一起。

因为庐陵文化生态园是建在雨季泄洪区螺子山上，所以它还扮演着防洪的作用，在旱季，它要保证庐陵湖的水量平衡，同时还有旅游的功能，所以庐陵文化园一共有三个功能，这也就是庐陵文化园区别于江西省其他地方文化园的不同之处，因为它是泄洪区，为这个城市防御着洪水的威胁。

一位庐陵文化生态园的工作人员介绍说，庐陵文化生态园不仅包含文化价值，也富含生态价值，如庐陵湖，这里山清水秀，环境宜人，这里的一切都在静静地诉说着庐陵文化的魅力与荣光。

外媒看江西 | 2014 2015
International media coverage of Jiangxi province

来源：中国中央电视台俄语频道
作者：邹荃，安德烈费德罗夫，李俊泽
发布时间：2015年12月15日
链接：https://mp.weixin.qq.com/s?__biz=MjM5NzY3MDQ2MA==&mid=401554216&idx=4&sn=9fe23cbf1f71db9e2ea651d38f0d1919&scene=1&srcid=1222fboOajdEz0YZynayHUih&ascene=1&uin=OTM3NTY4NTAw&devicetype=webwx&version=70000001&pass_ticket=XSzUX81sor8lx4fdU1REHsFv8Ho64tFfBxuqNkg0xLUpUxR%2FbgNS2Hy74x376TQZ

原文/俄文

«Цзянси глазами иностранных журналистов».Группа представителей СМИ из разных стран добралась до города Цзиань. Гдепосетила сразу несколько достопримечательностей. Первой стало древнее селоЯньфан. 160 зданий здесь сохранились со времён династий Мин и Цин. Проживает вних 700 человек. Каждый дом - это небольшой музей ,где расположились старинная мебель, скульптуры и одежда.Участники проекта несколько часов гуляли по узким улочкам и в прямом смысле прикоснулиськ истории.

Мухаммед Еламин, Судан

Это просто замечательное место,здесь почти каждая мелочь пропитана историей. Что-то реконструировано , что-тооригинальное. Но в любом случае - это интересно. Бродить здесь можно часами. Аещё понравились местные жители. Очень радушный был приём.

译 文

"外媒看江西"——吉安印象

"外媒看江西"记者团一行来到了吉安市，这里的自然和人文景观给大家留下了深刻的印象。最先吸引了记者们镜头的是中国历史文化名村——燕坊古村。它的历史可以上溯到南宋，村内目前一百多处明清建筑群保存完好，包括宗祠、学堂、牌坊、民宅等等。现在还有七百多人在这里居住。精雕细刻的建筑细节，华丽考究的古家具让记者们啧啧称叹。

"这里太棒了，非常中国。"来自《今日中国》阿文版的记者阿拉明说，"每一个细节都蕴含着独有的历史，我可以在这里逛上几个小时都不会厌。这里的居民我也很喜欢，特别朴实热情。"

被称为吉安最亮丽的一张名片的庐陵文化生态园占地4000余亩，园区绿化率达90%以上。这里以绿色为基调，以红色和古色为骨架，形成文化展示区、生态景观区等六大区组成的城市生态湿地公园。记者团通过参观民俗文化园、万寿宫、文星塔等建筑景观了解了吉安丰富深厚的民俗文化。

来自越南《人民报》的记者邓海南惊讶于这里规模的庞大，"我想这里对每

Следующим пунктом стал парк "Лунин" площадью в почти 300 гектаров. Ещё его называют "красно-зелёным парком". Зелёным из-за коэффициента озеленения, здесь он составляет 90 процентов. А красным из-за того, что многие экспонаты посвящены созданию Мао Цзэдуном первой революционной базы в стране. Произошло это недалёко от этих мест, в горах Цзинганшань. Всего же в парке иностранные гости посетили около десяти достопримечательностей. Среди которых были музеи, Дворец долголетия и Башня Вэньсин.

Данг Хайнам, Вьетнам

Здесь поражает размах. Огромная территория! Каждый здесь сможет найти всё, что душе угодно. Если хочешь уединения то можно погулять по тропинкам, в лесу или посидеть на берегу озера. Захочешь познакомиться с местной историей - пожалуйста, здесь сразу несколько музеев на территории.

Ещё одно место, которое не оставило журналистов равнодушными - это гора Цинъюан. Ведь на ней расположены сразу два интереснейших объекта - буддийский храм Цзинцзюйсы, который был построен ещё при династии Тан, и учебное заведение "Янмин" с 500-летней историей. Красивые пейзажи и архитектура заставили участников проекта сделать сотни фотографий.

Но больше всего журналистам запомнилось посещение комплекса древних гончарных и фарфоровых мастерских "Цзичжоу". Произведения искусства и обычные глиняные горшки здесь делают уже более 1200 лет. А работы местных мастеров известны во всем мире. Сейчас комплекс это не только производство, но и огромный музей. Где гости смогли познакомиться с историей этих древних ремёсел и даже сами попробовали сделать по тарелке и кувшину.

Андреа Фигуеро, Чили

Я попробовала что-то слепить из глины впервые. Я радовалась как ребёнок, когда у меня это получилось. Немного криво, но это же первый опыт. Очень хорошая экскурсия, я прямо окунулась в историю этого места.

После этого участники проекта на автобусе отправились дальше на юг. Следующая остановка будет в городе Ганчжоу.

一个游客都是有益的,想要散心就可以在树林里走走,在湖边坐坐;想要了解这里的历史,这里更是有好几个博物馆可以参观。"

在青原山景区,记者们参观了这里最有代表性的两处人文景观。"清静之地"净居寺有着源远流长的历史,寺内富有江南庭院色彩的整体格局及巧妙的设计、独特的构思,展现出中国古建筑的魅力。而阳明书院浓厚的文化氛围,更是吸引了外国记者的浓厚兴趣,很多人表示说没想到古代中国人对教育、修身如此重视。

最让记者们印象深刻的要数吉州窑遗址公园了。吉州窑迄今已有1200多年的历史,曾是我国古代江南地区一座举世闻名的综合性窑场,其产品种类繁多,风格多样,而现存的吉州窑遗址是目前世界规模最大、保存最完整的古窑遗址群之一,遗址分布面积2.8平方公里,遗存废窑堆积24处,窑址总面积8万平方米。在这里记者团深入了解了中国千年的制陶文化。从一块陶土到成型的陶器,看起来容易做起来难,在师傅的指导下,他们亲手体验了拉坯的过程。

"这是我人生中第一次做陶器,成型了的时候我简直像孩子一样高兴。虽然它并不完美,但是这是我的处女作。吉州窑的历史也深深吸引了我。"来自智利的安德莉娅跟我们分享她的感受。

接下来记者团一行将继续乘车向南出发,下一站是被称作江西省南大门的赣州市,又会有什么样的惊喜等着他们呢?

来源：拉美通讯社
作者：Damy Vales Vilamajo
链接：http://www.fotospl.com/node/126403

原文/西班牙文

Yanfang de Ji´an, un pueblo museo chino de la dinastía Qing

Beijing, (PL) Ubicada en la ciudad de Ji'an, de la provincia de Jiangxi, este de China, la aldea Yanfang, conocida como "Pueblo Ejemplar", muestra una armonía entre la vida de antaño, durante el período de la dinastía Qing, y la modernidad.

Con una historia de más de mil años, el pueblo museo es hogar de más de 700 personas que viven en 156 residencias, aunque aún preserva un centenar de edificios de las dinastías Ming y Qing.

En el caserío de la cultura Lulin, se exhiben al público unas ocho salas ancestrales y, en el interior de algunas de las moradas con cien años de antigüedad, se puede ver muebles y objetos decorativos originales de aquella época.

Una mansión construida en la dinastía Qing, hecha de ladrillos y madera, con una superficie de más de 500 metros cuadrados, aguarda a los visitantes foráneos que llegan a ese recóndito lugar donde parece haberse detenido el tiempo.

El deleite de adornos de pared en la mansión de un oficial militar de alto rango, hace despertar de esa época al paso de una moto eléctrica de uno de sus residentes, el sonido de un moderno teléfono móvil o el llamado de un pequeño que intenta dialogar en inglés con la prensa extranjera de visita.

Esta especie de museo etnológico que revela la mezcla entre la antigua y la vida rural moderna china, ya cuenta con edificaciones algo actualizadas a su entrada, pero mantiene y preserva las tradiciones y arquitectura de las milenarias casas de la dinastía Qing.

译 文

吉安燕坊古村，中国清朝古迹博物馆名村

燕坊古村位于江西省吉安市，是一座保存完好的明清建筑群"标本"村。村内清朝时代的生活印记与现代生活融为一体，形成一片和谐景象。

这座拥有千年历史的文化名村现有居民700人，分别居住在156座建筑中，其中上百座建筑至今仍保留着明清建筑的特点，折射出明清时期的特色古韵。

在这座蕴含着庐陵文化的村落里，现在对公众开放的有八座宗堂，在一些百年老宅中，可以看到那个时期原有的家具和装饰品。

一座建于清朝时期，砖木结构，占地500平方米的宅邸正在这静静地等候来自远方的游客，在这里时间仿佛停止了。

一位高级军官的房屋墙壁上正装饰着喜庆的饰品，我们开始意识到这里已经从旧时代苏醒。与此同时，居民们开始拥有他们的第一台电动摩托车，现代手机发出悦耳的响铃声，而年轻人正在试着用英文同来访的记者交流。

这里显示出了古代和现代农村生活之间的完美结合，尽管村口的一些建筑已经被部分现代化，但仍保留着清代的传统，千年古韵犹存。

外媒看江西 2014 2015
International media coverage of Jiangxi province

来源：人民网西班牙频道
作者：Álvaro Lago Sánchez
发布时间：2015年12月14日
链接：http://spanish.peopledaily.com.cn/n/2015/1214/c204699-8990246.html

原文/西班牙文

Periodistas extranjeros visitan los hornos de porcelana de Jizhou

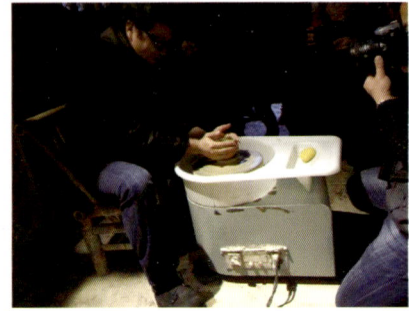

En la tarde del 12 de diciembre de 2015, los periodistas extranjeros visitaron uno de los lugares con mayor valor histórico y cultural en el mundo de la porcelana, los antiguos hornos de porcelana de Jizhou, donde tuvieron la oportunidad de conocer cómo se producían antiguamente los objetos de porcelana en una visita guiada por los antiguos talleres, el museo y los antiguos hornos.

Jizhou, una de las ciudades de la porcelana tradicional china, tiene una larga historia que se puede ver en el museo que expone objetos de porcelana de diferentes épocas de los últimos 1.000 años. Además, en este lugar los visitantes pueden conocer el proceso completo de creación de una pieza de porcelana, manera tradicional y manual de trabajar este arte que se ha mantenido intacta durante siglos.

Durante las Cinco Dinastías, la calidad de los útiles de porcelana blanca ya había alcanzado los estándares actuales. Los utensilios "Ying Qing" (azul pálido) de la dinastía Song destacaban por su fina

译文

外媒记者参观吉州窑

2015年12月12日下午，外媒记者参观了瓷器制造界最具历史和文化价值的地方之一——吉州窑。在那里，通过参观古老的制瓷作坊、瓷器博物馆以及古瓷窑作品，他们有机会了解并学习瓷器的传统制作流程。

吉州，中国瓷都之一，拥有非常悠久的历史，在这里的博物馆里，可以欣赏到近一千年以来不同时期的瓷器作品。来到这里，游客还可以了解如何使用传统工艺，手工制作一件瓷器作品，这种瓷器艺术品可以完好保存几个世纪而不受损坏。

隋唐五代时期，当时的白瓷器皿的制作品质已经达到并符合如今的标准。宋代瓷器"影青"（浅蓝色）以其精细的瓷质，柔和的瓷釉色和出彩的外观而闻名。它同景德镇一起成为专为皇室提供青瓷的官瓷生产基地。宋朝景德（1004—1007）年间，皇室特任命官员负责并监督宫廷用瓷的生产。因此，这个专门服务于宫廷的城市被称为景德镇。在元朝时期，皇室在景德镇特别设立"浮梁瓷局"，以规范宫廷用瓷的生产。在瓷局的掌管下烧制蓝釉和白瓷，以氧化铜作着色剂的釉里红、孔雀蓝釉瓷器以及卵白釉等。创烧了新品种三彩瓷和镀金瓷器。这种以蓝、白色为主的器皿已扬名世界。

明朝初年，政府下令在江西创立珠山窑，随后瓷器生产进入了一个蓬勃发展的阶段，官窑和民窑出现明显竞争。永乐和宣德年间的官窑瓷器强调蓝色和白色的釉色，红色器皿则一般用于祭祀等活动，精细器皿一般为白瓷。成化年间的瓷器以其对比强烈的颜色，孔雀绿和明黄色瓷器为名。嘉靖和万历年间，开始出现五彩瓷及"胭脂红"彩瓷。与此同时，弘治至嘉靖年间，民窑烧制的瓷器多为蓝色和白色的瓷釉，设计大胆而华丽，多为花卉纹饰，

cerámica, colores suaves y excelente aspecto. Además, se convirtió, junto a Jingdezhen, en uno de los lugares de fabricación para la familia real de la porcelana azul. Durante el reinado de Jingde (1004-1007), dinastía Song, un oficial que residía en la ciudad fue nombrado para supervisar la producción de la porcelana con destino real. Por esto, la otra ciudad fue llamada ciudad Jingde (Jingdezhen). Durante la dinastía Yuan se creó en la región la "oficina de porcelana Fuliang", que regulaba la producción de utensilios para la corte. Se producían utensilios azules y blancos, rojos vidriados, de cobre vidriado, azul Mazarino y hueveras de color blanco; crearon nuevas variedades de cristales de tres colores e instrumentos de color dorado. Los objetos de color azul y blanco fueron especialmente famosos en todo el mundo.

A principios de la dinastía Ming, el gobierno ordenó crear hornos en el Monte Zhushan, en Jiangxi; entonces, la producción de porcelana entró en una etapa floreciente, en la que competían hornos del estado contra hornos privados. Los hornos del gobierno destacaban por sus objetos de color azul y blanco, instrumentos rojos para sacrificios y delicados utensilios de color blanco, pertenecientes a los Reinos Yongle y Xuande; también eran famosos por sus firmes colores, utensilios de color verde, como el pavo real, e instrumentos de color amarillo brillante, del Reino Chenghua; destacaban los objetos de 5 colores y en color "rouge de fer", de los Reinados Jiajing y Wanli. Del mismo modo, los hornos no gubernamentales eran alabados por sus objetos de color azul y blanco, con diseños audaces y floreados, así como por los instrumentos Fahua y otros con diseños pintados sobre porcelanas en tres colores, del periodo de los reinos Hongzhi hasta Jiajing.

El trabajo artesanal fue excelente durante la dinastía Qing, siendo el culmen del trabajo en porcelana durante los Reinos Kangxi, Yongzheng y Qianlong. Los objetos de cinco colores y tricolores, así como el esmalte "cloissoné" fueron realizados durante el reino Kangxi.

En el reino Yongzheng se diseñaron porcelanas con rosas y dibujos pintados en negro sobre la porcelana blanca. El reino Qianlong destacó por sus objetos de color bronce y utensilios con dibujos semi transparentes.

Desde la creación de la nueva China, con la socialización de las bases de producción y la impulsión de las técnicas modernas, la creación de la antes honorable manufactura de porcelana se ha encaminado hacia un proceso netamente industrial. Y la producción de porcelana en Jizhou se ha encaminado en nuevas direcciones. Actualmente se conjugan las formas tradicionales con variedades nuevas. La calidad y cantidad se mejora día a día.

La actividad "Medios extranjeros visitan Jiangxi" ha sido organizada conjuntamente por la Oficina de Turismo Provincial de Jiangxi, el Departamento de Propaganda del Partido Comunista en Jiangxi y Pueblo en Línea.

并出现以特殊装饰与具有民族风格的珐华瓷器以及三彩瓷器。

清朝时期的手工业已经达到工艺精良的发展阶段，康熙、雍正和乾隆年间，瓷器发展到达鼎盛时期。康熙年间，开始出现五彩和三彩瓷器以及"珐琅彩"瓷器。

雍正年间，开始出现玫红釉瓷器以及白底黑纹饰的墨彩瓷器。到了乾隆时期，瓷釉的设计偏向于仿照青铜器的式样，并出现半透明的图案作为纹饰。

新中国成立以来，随着瓷器生产基地的社会化进程，并伴随着现代制瓷技术的推进，之前引以为傲的手工制瓷工艺已经慢慢朝着纯工业化的程序迈进。吉州瓷器的生产也朝着新的发展方向前行。如今的吉州官窑已做到将传统工艺和现代手法相结合，产品数量和质量都日益提高。

本次"外媒看江西"活动是由江西省委宣传部、江西省旅游发展委员会、人民网等单位共同主办。

来源：人民网葡萄牙语频道
作者：Mauro Marques
发布时间：2015年12月14日
链接：http://portuguese.people.com.cn/n/2015/1214/c310816-8989910.html

原文/葡萄牙文

Jiangxi pelos olhos da imprensa internacional – Visita ao Parque Ecológico e Cultural de Luling e ao Museu de Jian

O terceiro dia do roteiro turístico em Jiangxi levou os convidados a inúmeros locais. O dia iniciou com uma visita ao parque ecológico e cultural de Luling. O parque faz efectivamente jus ao seu nome ao albergar uma vasta quantidade de fauna e flora, oferecendo uma paisagem única. Dentro do parque foi possível visitar o Museu de Folclore. Este lugar, entre outras menções, serve de louvor à taxa elevada de talentos formados na região de Jian, onde vários alunos atingiram os cargos de oficiais do governo ao longo da china dinástica (com o apogeu na dinastia Ming), através do rigoroso exame imperial – o derradeiro teste para conseguir cargos governamentais. Estes cargos eram, por sua vez de elevado prestígio e estavam reservados aos mais letrados. A guia turística refere mesmo: "As famílias mais humildes sacrificavam-se em prol educação dos filhos". O imperador Qianlong chegou a enviar algumas inscrições de caligrafia, em tom dos aforismos tão tipicamente chineses, relativamente à produtividade de talentos da região.

De seguida, o grupo dirigiu-se a uma casa de óperas, parte do complexo do Palácio da Longevidade, recentemente construída de forma a recriar um estabelecimento de lazer, alusivo aos empreendimentos feitos pelos mercadores de sucesso da China imperial. O detalhe e o perfeccionismo dos ornamentos e das decorações reproduzem com exatidão a atmosfera original da dinastia Qing, nomeadamente no período do imperador Qianlong.

Nas imediações da casa de óperas é possível encontrar o edifício central do palácio, erigido recentemente em honra do padroeiro da província de Jiangxi, o padre taoista

译文

外媒看江西——参观庐陵文化生态园和吉安市博物馆

采访的第三天,我们首先参观了庐陵文化生态园。该公园久负盛名,数目繁多的动植物,组成了一道独特的风景。园内可以参观民俗馆。在这里,可以看到吉安地区历代辈出的人才,尤其是明代,这里的学生通过严格的科举考试进入朝廷为官,改变自己一生的命运。

随后,采访团来到一座戏楼,它是万寿宫建筑群的一部分,隐喻封建帝王时期中国商人事业的成功。

e intelectual Xu Xun.

A visita ao parque terminou com a subida à "Montanha do Caracol" e à sua protagonista: a pagoda Weixing (edifício mais alto do parque). A partir do topo é possível vislumbrar a paisagem urbana de Jian. Toda a sua conceção é baseada no sucesso escolar e na cultivação do indivíduo, pois o seu nome deriva de uma constelação que está interligada com o auspício dos estudos e da carreira. O estilo arquitectónico conta com mais de 500 anos.

O programa matinal terminou com a visita ao Museu de Jian, cuja temática principal é a porcelana e a catalogação cronológica do seu fabrico. O tema do museu vai, por isso, de encontro à especialidade da província, pois foi é Jiangxi que as raízes desta arte estão alojadas.

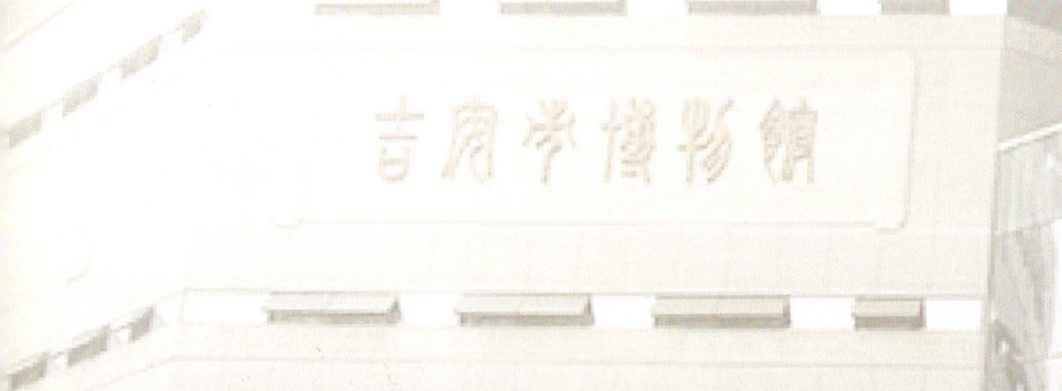

在公园参观的最后一站，记者们登上了"螺子山"及其主要景点：文星塔（公园最高建筑），塔高57.3米，塔体八面七层，系仿宋代江南建筑风格。其前身为明代万历三十一年所建"文塔"，已于1958年毁弃。2010年重建后定名"文星塔"，是集文化、宗教、景观为一体的景点建筑，也是庐陵文化生态园内的一个制高点，力求达到"海纳百川，纵贯天地"的意境。

离开庐陵文化生态园后，采风团一行参观了吉安市博物馆，这里有新石器时代的石斧、石刀、石砺；有商代青铜大铙、西周青铜甬钟；有汉代铜镜、唐代庐陵制作的八菱宝相花镜；宋代吉州窑产的各类瓷器；元代吉安路铸造的至正之宝钱等，以上这些文物均属吉安出土和收藏，具有比较鲜明的地方色彩。

外媒看江西 | 2014 2015
International media coverage of Jiangxi province

来源：人民网英文频道
作者：马晓春
发布时间：2015年12月12日
链接：http://en.people.cn/n/2015/1212/c98649-8989646.html

原文/英文

Ancient buildings in Yanfang village of Jiangxi

该建筑建于清朝，为砖木结构，占地500多平方米。

该建筑建于清朝，为砖木结构，占地500多平方米。

Located in the Ji'an city of east China's Jiangxi province, Yanfang village has a history of more than 800 hundred years. The village now is the home of more than 700 people of 156 households.

There are numerous buildings of Ming and Qing dynasties in the village, making it a wonderful place worth visiting. There are roughly 100 ancient residential buildings, 8 ancestral halls and 13 archways.

Yangfang was listed among Chinese cultural village in 2007.

该建筑建于清朝，为砖木结构，占地500多平方米。两名外国记者坐在里面。

译 文

江西燕坊古村：汇聚明清古建筑

燕坊古村位于江西省吉安市，拥有800多年的古老历史。现在全村有156户，700多人口。

村内众多明清建筑群保存完好，是游客参观的理想选择。这里，游客可以参观约100处古老住宅、8处宗祠及13处拱门。

2007年，燕坊古村列入中国历史文化名村。

墙壁挂饰。该建筑建于清朝，为砖木结构，占地500多平方米。

图为庭院，该庭院内有三排共计二十座类似建筑，占地7,800多平方米。

一名外国记者对这里的古代武器很感兴趣。

一名外国记者坐在一位当地妇女身旁。

当地的孩子们与外国记者友好聊天。

来源：人民网英文频道
作者：马晓春
发布时间：2015年12月14日
链接：http://en.people.cn/n/2015/1214/c90000-8990220.html

原文/英文

Tour to the Luling Cultural Ecosphere Park and Ji'an Municipal Museum in Ji'an

The tour on Dec. 12, 2015 began with a visit to an ecological and cultural park located in the north of the downtown area of Ji'an city, east China's Jiangxi province.

The park has opened to the public for the first time since Sept. 2011 and covers more than 200 hectares, with more than 3,000 rare and endangered trees including the Chinese yew.

A group of more than 40 reporters from home and abroad visited the Folklore Museum in the morning, which serves as a place to pay respect to the senior officials from Ji'an who passed the imperial exam in ancient times.

Then the group went to an opera house, part of the Longevity Palace complex. The opera house was reconstructed in recent years, providing tourists with a glimpse into the leisurely life of the rich merchants in the Qing dynasty.

The reporters came to the heart of the Longevity Palace complex in honor of a famous Taoist priest Xuxun of Jin dynasty after they visited the opera house. Then, they came to the Wenxing Pagoda, the tallest building in the park, which was rebuilt in recent years in the style of the Song dynasty pagoda.

The morning tour concluded with a visit to the Ji'an Municipal Museum, in which there is big exhibition hall with numerous ceramics and porcelain on display.

该树入选吉尼斯世界记录

译文

探访庐陵文化生态园和吉安市博物馆

万寿宫内的剧院舞台

2015年12月12日，记者团参观了位于江西省吉安市中心城区北端的庐陵文化生态园。

2011年9月，该园首次对外开放。文化生态园占地200多公顷，园内生长了红豆杉等3000多种稀有濒危树木。

当天上午，40多名国内外记者参观了民俗博物馆和万寿宫歌剧院。近些年，吉安市对歌剧院进行了重建，游客得以一览清朝富商的悠然生活。

随后，记者团又游览了为纪念晋朝道士许逊而建的万寿宫中心，以及园内最高建筑物——文星塔。近年来，吉安市按照宋塔风格对文星塔进行了重建。

上午游览的最后一站是吉安市博物馆，馆内展厅里陈列着大量陶瓷作品。

文星塔

外媒看江西 2014 2015
International media coverage of Jiangxi province

民俗博物馆内

万寿宫内

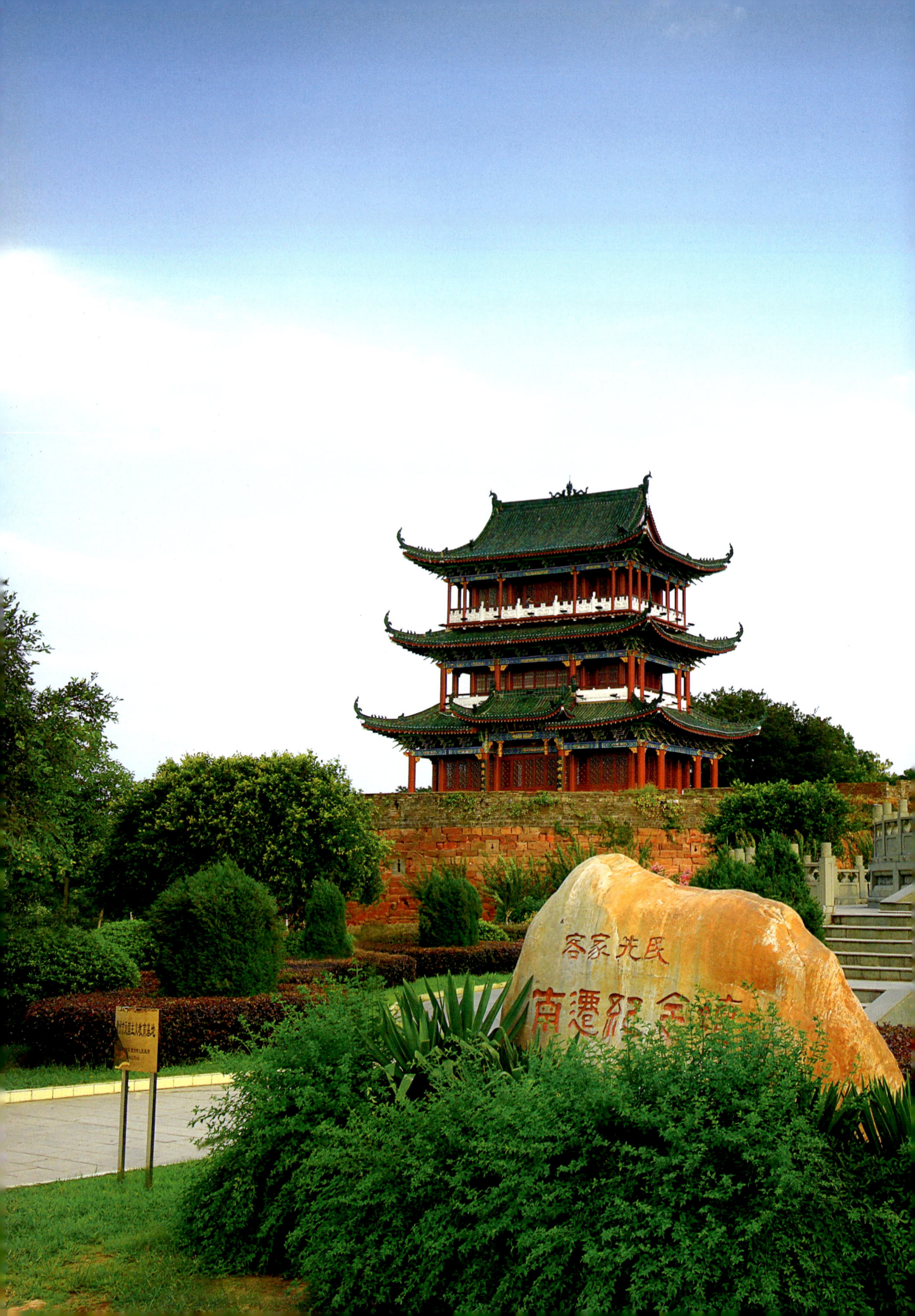
客家先民

第六站　Sixth stop:Ganzhou

赣州

来源：中国中央电视台俄语频道
作者：邹荃、安德烈·费德洛夫、李俊泽
发布时间：2015年12月16日

原文/俄文

«Цзянсиглазами иностранных журналистов». Участники проекта побывали в городе Ганьчжоу.Где экскурсия для них началась с посещения уникального сада диких фруктов"Цзюньзыгу". Здесь, на площади в 200 гектаров, собрали необычныхпредставителей флоры со всего Китая. Корреспондентам удалось погулять среди субтропических растений, сделатьнесколько фото, а также посетить местную винодельню. Алкогольный напитокздесь производят не только из дикого винограда,но и из сока более чем 100 сортов субтропическихфруктов.

Максим Белов, Россия

- Хорошим вином никого не удивишь, а вот напиткомиз растений, названия которых я здесь услышал впервые, - это ужеинтересно. Вкусно и необычно. Не пробовал еще такого. Настоящая экзотика.

Затем журналисты наавтобусах отправились в заповедник "Янлин". Сотрудники котороганазывают это место «легкими» всего Китая. Ведь здесь самый чистый воздух постране. Содержание отрицательных ионов кислорода на каждый кубический метр достигает96000. Этот

译 文

"外媒看江西" 难忘赣州

"外媒看江西"记者团来到了有着"江南宋城"之称的赣州市,采风从青山绿水的崇义县君子谷野生水果世界开始。在这个深山的谷地里,十余年来不间断地进行着野生水果的收集和保护工作。现在,中国南方亚热带野生水果在这里几乎都能找到,君子谷已经成为了野生水果的种质资源库,也是进行良种繁育和资源调查的科学平台。刺葡萄就是这里的重要资源之一,目前在君子谷里已收集和保护野生刺葡萄植株1100多份,还建立起了选优品系的优良酿酒原料基地。

"果酒尝起来让我很惊喜。"来自人民画报社的俄罗斯记者平乐夫说,"这里好多的野果我都是第一次听说,用它们酿成的酒更是第一次品尝,味道独特,回味甘香,真的很棒!"

阳岭自然保护区的工作人员骄傲地告诉记者们,这里的空气质量是全国最好的。据中国环境科学院的权威测定,区内空气负氧离子含量平均值达到了9.6万每立方米,2004年这里就被上海大世界吉尼斯总部授予了"空气负离子浓度值最高风景旅游区"。记者们在小溪边徒步行进了几千米,纷纷表示这是一次"洗肺之行"。而区内参天的古树,广布的花木,原始森

показатель даже занесён в Книгу рекордов Гиннеса. Вдоль горной рекиучастники проекта прошли несколько километров.

Но на этом знакомство сместной природой не закончилось. Следующим пунктом стала база по выращиваниюапельсинов в уезде Чунъи. Где журналисты приняли участие в сборе урожаяособенного сорта цитрусовых - "апельсинов с пупком". И конечно жепопробовали фрукты на вкус.

Хуан Карлос

- Горы, чистый воздух исладкие апельсины. Говорят, что Ганьчжоу - родина этого сорта. Вкусно. А видкакой потрясающий. Что может быть лучше? Пожалуй, это один из самых интересныхобъектов в нашем путешествии.

Напоследок журналистамустроили экскурсию по центру города. Группа прогулялась по набережной наслиянии двух рек Чжан и Гун и осмотрела сторожевую башню "Бацзинтай",построенную ещё во времена династии Сун.

На этом шестидневноепутешествие по провинции Цзянси для этой группы закончилось. В следующем годуздесь ждут представителей других СМИ, которым обещают показать совершеннодругие, но не менее интересные достопримечательности.

林的风貌也被他们手中的相机一一记录。

经过一段蜿蜒曲折的山路，一片郁郁葱葱的脐橙园出现在记者团的面前，点点橘红色点缀在翠绿之中，空气中弥漫着橙子特有的香气，一派丰收的景象。在果园主人的细心教学之后，记者们纷纷拿起了果篮和剪刀，开始亲手采摘脐橙。赣州素有"世界橙乡"美称，这里种植着148万亩的脐橙。据了解，今年赣南脐橙的总产量将达到120万吨左右。

"青山绿水、空气清新，当然还有甘甜的橙子，这就是赣州给我留下最深的印象。"来自拉美南方电视台的胡安说："赣南脐橙太好吃了，我觉得这次采摘是此行最有意思的一项活动。"

登上此台，赣州八景一览无余。记者团来到了赣州城北的八镜台景区，这里位于章水和贡水的合流处，原建筑修建于北宋年间，是赣州古城的象征。而在它的下面穿梭而过的是同时期修建的排水系统"福寿沟"，让记者们惊叹的是，经历了近千年的历史变迁，福寿沟至今仍完好畅通，能够正常使用，可见其设计建造之精密。

"2015外媒看江西"采访报道活动结束了，经过近一周的采风，采访团对江西有了更多更深的认识，这里的自然风光和人文发展很快将在他们的报道中向世界展现。中外记者们依依不舍地离开，带着对下一次江西行的期待。

外媒看江西 | 2014 2015
International media coverage of Jiangxi province

来源：人民网法语频道
作者：Yin GAO, Guangqi CUI
发布时间：2015年12月15日
链接：http://french.peopledaily.com.cn/Tourisme/n/2015/1215/c31361-8990828.html

原文/法文

Découvrez les oranges de Ganzhou : une des spécialités du Jiangxi

Ganzhou ont obtenu le certificat national pour un élevage écologique et sans pollution.

Aujourd'hui, les oranges de Ganzhou ont déjà gagné une certaine réputation internationale. Selon les statistiques, en 2014, la surface d'élevage de ces fruits dans la ville s'est classée au 1e rang mondial et la production annuelle au 3e rang, atteignant 1.2 million de tonnes, soit 15% de la production mondiale.

Le 14 décembre 2015, une délégation de journalistes internationaux a fait une expérience unique dans un verger d'orange dans la campagne de Ganzhou, au sud de la province du Jiangxi.

Les régions autour de la ville de Ganzhou sont particulièrement propices pour élever les oranges à nombril: un type d'orange sans pépin et riche en jus et en sucre. Depuis 2008, les vergers de

译 文

发现脐橙：江西特产之一

2015年12月14日，"外媒看江西"记者团在江西省南部赣州橙园经历了一场独特的体验。

赣州市周边具备种植脐橙得天独厚的地理条件，脐橙属于橙的一种，无核，富含果汁和糖分。自2008年起，赣州橙园已经取得国家生态种植无污染认证。

如今，赣州脐橙在国际上享有一定的声誉。据统计，2014年，赣州市脐橙种植面积位居全球首位，年产量世界第三，达到120万吨，占全球产量的15%。

来源：人民网法语频道
作者：Yin GAO, Guangqi CUI
发布时间：2015年12月14日
链接：http://french.peopledaily.com.cn/Tourisme/n/2015/1214/c31361-8990165.html

原文/法文

Jiangxi: la biodiversité de la «Gentleman Valley»

En 1995, une zone de conservation de fruits sauvages de 500 acres s'est petit à petit constituée dans les montagnes de LuoXiao proches de la ville de Ganzhou (province du Jiangxi) grâce à l'initiative de Zhuang Xifu et ses collaborateurs. En la nommant la «Gentleman Valley», ils voulaient protéger les arbres sauvages qui étaient habituellement brûlés dans l'approche d'une rentabilité de la production forestière.

Après 20 ans d'élaboration et de transplantation, la «Gentleman Valley» est devenue aujourd'hui un parc naturel de la biodiversité. L'endroit a préservé d'innombrables espèces de plantes et de fruits sauvages du sud la Chine, avec une méthode d'intervention entièrement écologique.

La vallée a participé activement au quotidien des communautés locales en offrant continuellement une formation technique de plantation aux villageois, tout en établissant des collaborations avec plus de 400 familles agricoles. Un des produits typiques de la vallée étant un vin rouge élaboré à partir de raisins sauvages.

L'origine de la «Gentleman Valley» est issue d'un rêve de Zhuang Xifu tentant de sauver des fruits sauvages de menaces de l'industrialisation tout en construisant un système écologique et durable. En 2015, la vallée a réalisé une valeur de production annuelle de 270 millions de yuan. Le site s'est vu remettre plusieurs prix nationaux, comme le prix national des sciences et de la technologie avancée au bénéfice des agriculteurs.

译 文

"君子谷"的生物多样性

  1995年，在江西省赣州市近郊的罗霄山脉深处，庄席福和伙伴们筚路蓝缕，以启山林，逐步打造500亩野果保护基地，世人称之为"君子谷"。在追求林业生产收益率的当时，他们特立独行，希望保护那些原本被焚烧的野生树木。

  经过20年日复一日的发展和移植，"君子谷"如今变成了一座生物多样性自然公园。君子谷汇聚了中国南方数不胜数的植物物种和野果。

  君子谷积极融入当地农村，并持续向村民们提供种植技术培训，与400多家农户建立良好的合作关系。君子谷代表产品之一就是采用刺葡萄酿造的红酒。

  君子谷的创立源自庄席福的梦想，他一直希望通过构建可持续的生态系统，保护遭受工业化威胁的野果。2015年，君子谷年产值达到2.7亿元。君子谷还获得数项国家奖项，诸如国家科学和先进技术奖等。

来源：人民网西班牙频道
作者：Álvaro Lago Sánchez
发布时间：2015年12月14日
链接：http://spanish.peopledaily.com.cn/n/2015/1214/c204699-8990248.html

原文/西班牙文

Periodistas extranjeros visitan el centro de frutas silvestres Gentleman Valley de Chongyi

En la mañana del 13 de diciembre de 2015, los periodistas extranjeros viajaron hasta el condado Chongyi de Ganzhou, ciudad al sur de Jiangxi, uno de los lugares con más valor ecológico y paisajístico de la provincia de Jiangxi.

Durante el primer día de estancia en Chongyi, el grupo de periodistas caminaron y conocieron en primera persona el centro de frutos silvestres y semillas "Gentleman Valley Wild FruitWorld", uno de los valles con más biodiversidad de la región subtropical del sur de China.

Gentleman Valley Wild FruitWorld se estableció en el año 1995. Se encuentra en las zonas montañosas del condado Chongyi, en la zona al sureste de la cordillera Luoxiao, sobre un área de más de 500 hectáreas. La empresa "Gentleman Valley Wild FruitWorld LTD" se fundó oficialmente en 2008 como centro de frutas silvestres. Entre las áreas del centro se encuentran: la zona de conservación, el centro de biodiversidad, el valle de los viñedos, la zona de procesamiento avanzado de productos agrícolas (que incluye las bodegas, la tienda de vinos, la fábrica de alimentos locales, etc) y el centro internacional de conferencias.

Entre los principales productos que se pueden encontrar en el centro cabe destacar las uvas de "vid espinosa", el vino de uvas de esta variedad de vid y una gran variedad de productos orgánicos.

Gentleman Valley promueve el desarrollo de su comunidad local y enseña técnicas de plantación de la "vid espinosa" a los agricultores de manera gratuita. Además, la empresa firmó un acuerdo cooperativo con más de 400 familias en 14 pueblos para ayudar a los agricultores locales a plantar más de 500 hectáreas de terreno con estas técnicas. Gentleman Valley ayuda a mejorar la economía a nivel familiar de la comunidad de agricultores de Chongyi.

La actividad "Medios extranjeros visitan Jiangxi" ha sido organizada conjuntamente por la Oficina de Turismo Provincial de Jiangxi, el Departamento de Propaganda del Partido Comunista en Jiangxi y Pueblo en Línea.

译文

外媒记者参观"君子谷野生水果世界"

2015年12月13日上午,外媒记者赶赴江西省南部城市赣州市崇义县,江西省最具生态和景观价值的地区之一。

在崇义县逗留的第一天,记者们步行前往谷底并近距离了解"君子谷野生水果世界"的野生蔬果和作物,这里是中国南部亚热带地区生物品种最多样性的山谷地之一。

君子谷野生水果世界成立于1995年,坐落在崇义县山区,地处罗霄山脉东南部,占地面积约500多公顷。君子谷野生水果世界有限公司正式成立于2008年,是一个野生水果的种质资源中心。该中心拥有:保护区,生物多样化中心,葡萄园谷地,农产品(包括酒厂,葡萄酒商店,当地食品工厂等)先进加工区和国际会议中心。

在野生水果中心众多的产品中,值得一提的是这里的刺葡萄,刺葡萄酒以及各种有机产品。

君子谷的建立不仅促进了当地经济的发展,同时还能免费向农民传授刺葡萄的种植技术。此外,公司与14个村庄的400户家庭签订合作协议,并帮助当地农民通过科学的方法种植了500公顷的土地。君子谷有限公司已极大地促进并改善了崇义县农民的家庭经济水平。

本次"外媒看江西"大型全媒体报道活动是由江西省委宣传部、江西省旅游发展委员会、人民网等单位共同主办。

来源：人民网西班牙文频道
作者：Álvaro Lago Sánchez
发布时间：2015年12月14日
链接：http://spanish.peopledaily.com.cn/n/2015/1214/c204699-8990248.html

原文/西班牙文

Periodistas extranjeros visitan las cuevas Tongtianyan y la antigua muralla de Ganzhou

En la mañana del 14 de diciembre de 2015, los periodistas extranjeros que viajan por Jiangxi visitaron la antigua muralla de la ciudad de Ganzhou, donde pudieron admirar la belleza de esta construcción de gran riqueza histórica. Además, los invitados tuvieron la oportunidad de ver los antiguos pabellones Yugu y Bajing, considerados una de las cartas de presentación de la ciudad.

Por la tarde, los periodistas visitaron las cuevas de Tongtianyan, también consideradas como "las primeras cuevas al sur del Yangtse".

Estas cuevas, consideradas una reliquia cultural y monumento nacional con protección AAAA, son uno de los principales atractivos de Ganzhou, ciudad más poblada de la provincia de Jiangxi, con casi diez millones de habitantes.

En esta área escénica, además de estatuas de budas talladas en la ladera de la montaña, el visitante puede observar inscripciones talladas en la piedra pertenecientes a Wang Yangming, el templo Guangfu y el nuevo Buda durmiente, tallado en el año 2008.

La actividad ha sido organizada conjuntamente por la Oficina de Turismo Provincial de Jiangxi, el Departamento de Propaganda del Partido Comunista en Jiangxi y Pueblo en Línea.

译 文

外媒记者参观通天岩石窟和赣州古城墙

2015年12月14日上午，外媒记者参观了赣州古城墙，欣赏伟大历史建筑的古老与恢弘。此外，游客还有机会参观赣州的郁孤台和八境台，它们被认为是这座城市的名片。

当天下午，记者们参观了"江南第一石窟"——通天岩石窟。

通天岩石窟被视为国家4A级重点保护文化遗产，是赣州最主要的景点之一，赣州是江西省人口最多的地级市，拥有近千万居住人口。

在通天岩景区，除了那些被开凿在山坡上的佛像外，游客还可以欣赏镌刻在石头上的王阳明的书法遗迹。

本次活动是由江西省委宣传部、江西省旅游发展委员会、人民网等单位共同主办。

外媒看江西 2014 2015
International media coverage of Jiangxi province

来源：人民网英文频道
作者：马晓春
发布时间：2015年12月14日
链接：http://en.people.cn/n/2015/1214/c90000-8990217.html

原文/英文

Tour to Gentleman Valley Wild Fruit World in Ganzhou

君子谷野生水果世界内

More than forty reporters from home and abroad were invited to visit the Gentleman Valley Wild Fruit World located in the west of Chongyi County, east China's Jiangxi province on Dec. 13, 2015.

Covering more than 500 acres, the valley has been home to wild animals and rare and endangered plants since it was founded in 1995.

As there are so many fruit trees and herbs in the valley, they founded a company named Jiangxi Gentleman Valley Wild Fruit World Co, Ltd. specializing in processing of organic agricultural products in 2008. The main products of the company include Spine Grapes and Spine Grape Wine.

酒窖

热带植物金铃花

译文

探访赣州君子谷野生水果世界

2015年12月13日,江西省崇义县西部君子谷野生水果世界迎来了国内外40多名记者。君子谷野生水果世界建立于1995年,占地超过500英亩,这里生长着许多稀有濒危植物,一些野生动物也栖息于此。

君子谷内果树和草本植物资源丰富,因此,在2008年创建了江西君子谷野生水果世界有限公司,专业加工有机农产品。公司主要产品为刺葡萄、刺葡萄酒。

火棘,曾为救军粮叶

酒蒸馏厂

君子谷野生水果世界内

外媒看江西 2014 2015
International media coverage of Jiangxi province

来源：人民网日语频道
作者：岩崎元地
发布时间：2015年12月15日
链接：http://j.people.com.cn/n/2015/1215/c94475-8990833.html

原文/日文

「海外メディアが見る江西」 贛州の大自然を世界に紹介

「海外メディアが見る江西2015」報道活動に参加する記者団は最終日の14日、江西省贛州市崇義県の陽嶺国家森林公園、通天岩、横水鎮オレンジ農園を訪れ、現地の風光明媚な大自然を世界に向けて紹介した。

陽嶺国家森林公園は国家4A級、同省自然保護区に指定される森林公園。陽明湖や雲隠寺、万寿岩といった観光スポットを有し、「中国一マイナスイオン濃度が高い」森林公園としても有名で、大気汚染で悩む大都市から訪れた記者団も思わず深呼吸をしてその澄んだ空気に酔いしれた。

その後一行は山道を進み、中国南方の古代石窟芸術の宝庫で「江南第一石窟」の誉れをもつ通天岩を訪れた。通天岩には唐・宋代に作られた359体もの石の彫刻が現存しており、千年の時を経た今その多くがやや風化しているものの、依然生き生きとした表情を浮かべ、外国人記者らはその一体一体を熱心にカメラに収めた。

旅の最後のスケジュールは「オレンジ狩り体験」。一行を乗せたバスは曲がりくねった山道を進み、オレンジの木が一面に広がる同県横水鎮佐渓村に到着、その美しい農園をカメラに収めながら、ハサミを取りオレンジ狩りを体験した。この地のオレンジは「贛南臍橙」といい、53.89億元（約2900億円）で中国一のブランド価値を持つ農産品として「中華名果」の誉れをもつ。モロッコ通信のMoufakkir Abdelkrimさんは、「いい匂いなので思わずその場で食べた。果肉が詰まってとても甘く美味しい」と舌鼓を打った。

「海外メディアが見る江西2015」

通天岩入口

译文

"外媒看江西"向世界介绍赣州的大自然

14日，参加"2015外媒看江西"采访报道的记者团在活动的最后一天，来到江西省赣州市崇义县的阳岭国家森林公园、通天岩、横水镇柑橘农园采风，向世界介绍这里优美的自然风景。

阳岭国家森林公园是国家4A级风景区，同时也是江西省认定的自然保护区。这里有阳明湖、云隐寺、万寿岩等观光景点，以及因"中国空气负离子浓度值最高"而著称的森林公园。那些来自大城市、饱受大气污染困扰的记者们不由得忘情地呼吸着清新的空气，陶醉在大自然的氧吧里。

随后，记者团一行沿着山路前行，来到中国南方古代石窟艺术宝库、被誉为"江南第一窟"的通天岩采风。通天岩现存有359座唐宋代石雕，经过千年岁月的洗礼，多数石雕虽已风化，但依然能够辨认那栩栩如生的表情，外国记者们饶有兴味地拍摄每一座雕像。

本次活动最后的日程是柑橘采摘。记者团乘坐的大客车沿着崎岖的山路行进，来到崇义县左溪村，这里漫山遍野的橘树，美丽的农园，深深地吸引了各国记者，他们纷纷拍照，拿起剪刀采摘。此地的柑橘称为"赣

前往通天岩的记者团

南脐橙"，其品牌价值为53.89亿元（约2900亿日元），是中国品牌价值最高的农产品，被誉为"中华名果"。摩洛哥通讯社的Moufakkir Abdelkrim先生称赞道："诱人的香气使我忍不住当场品尝，橙子果肉紧致，非常好吃。"

"2015外媒看江西"是由江西省委宣传部、人民网、江西省旅游发展委员会、

记者们将阳岭国家森林公园优美景色收入镜头

外媒看江西 | 2014 2015
International media coverage of Jiangxi province

合影

外媒记者的"丰收景象"

记者用西班牙语传递柑橘农园的景象

は、中共江西省委員会宣伝部、人民日報人民網、江西省観光発展委員会、江西省外事僑務弁公室共催の大型国際報道活動で、今年はEFE通信、テレスールテレビ局、ベトナム人民報、モロッコ通信社、スーダンテレビ、Yuanfang Magazineといった海外メディアをはじめ、中国中央テレビ、人民日報海外版、人民網、中国網、環球時報等中国メディアを含む国内外の記者約40名が集った。10日から14日までの期間中、英語やロシア語、アラビア語、スペイン語、フランス語、日本語、中国語など多言語で同省の風光明媚な名所が世界に向けて紹介され、連日注目を集めた。

记者们在脐橙园

江西省外事侨务办公室共同举办的大型国际采访报道活动，今年，有西班牙艾菲通讯社(EFE)、拉丁美洲通讯社、越南人民报、摩洛哥通讯社、苏丹日出电视台、Yuanfang Magazine等海外媒体以及人民日报海外版、人民网、中国网、环球时报等国内媒体的40多名中外记者参加了这一活动。10日至14日期间，以英语、俄语、阿拉伯语、西班牙语、法语、日语及中文等多国语言，向世界介绍了江西省风景优美的名胜古迹，得到了广泛的关注。

记者用阿拉伯语传递阳岭国家森林公园的优美景色

通天岩的石雕

外媒看江西 2014 2015
International media coverage of Jiangxi province

来源：人民网阿拉伯语频道
作者：刘古月
发布时间：2015年12月15日
链接：http://arabic.people.com.cn/n/2015/1215/c31656-8990822.html

原文/阿拉伯文

تجربة مراسلين أجانب في قطف أشهر برتقال ابو سرة في الصين

/صحيفة الشعب اليومية أونلاين/ December 15, 2015, 16:14

15 ديسمبر 2015 /صحيفة الشعب اليومية أونلاين/ استقبل بستان برتقال ابو سرة الواقع في مدينة تشونغيي بمقاطعة جيانغشي المراسلين الأجانب المشاركين في الفعالية الإعلامية الكبرى "جيانغشي في عيون المراسلين الأجانب لعام 2015" تحت إشراف شبكة الشعب في يوم 14 من ديسمبر الجاري. وقام المراسلون الأجانب بتجربة قطف البرتقال بأنفسهم وتذوقوا طعمه. وقال أحمد أمين مراسل صحفي سوداني "لم اتذوق الذ مثل هذا برتقال من قبل".

ومن المعروف أن مدينة قانتشو "بلدة البرتقال العالمية" مشهورة، بحيث تبلغ مساحة زرع برتقال ابو سرة أكثر من 1.48 مليون فدان، ودخل هذا النوع من البرتقال إلى فترة الحصاد منذ بداية نوفمبر الماضي، وبدأت بيع في الأسواق العالمية الآن. ومن المتوقع ان يصل إنتاج برتقال ابو سرة إلى 1.2 مليون طن هذا العام. ويعتبر برتقال ابو سرة المنتج في مدينة قانتشو واحدا من عشر أشهر الفواكه الصينية".

译 文

外国记者在中国体验采摘脐橙

"2015外媒看江西"采访团于12月14日抵达江西赣南,并进行了脐橙采摘活动。苏丹记者艾哈迈德·阿明说道:"我从来没有体验过自己采摘脐橙,这是我吃过的最鲜美的橙子。"

据了解,赣州被誉为"世界脐橙基地",现在脐橙种植面积已经超过1480000亩,并从去年11月初进入收获期,现在已经在全球销售中,预计今年的脐橙产量将会达到120万吨,脐橙是赣州特色产业之一,也是中国十大著名水果之一。

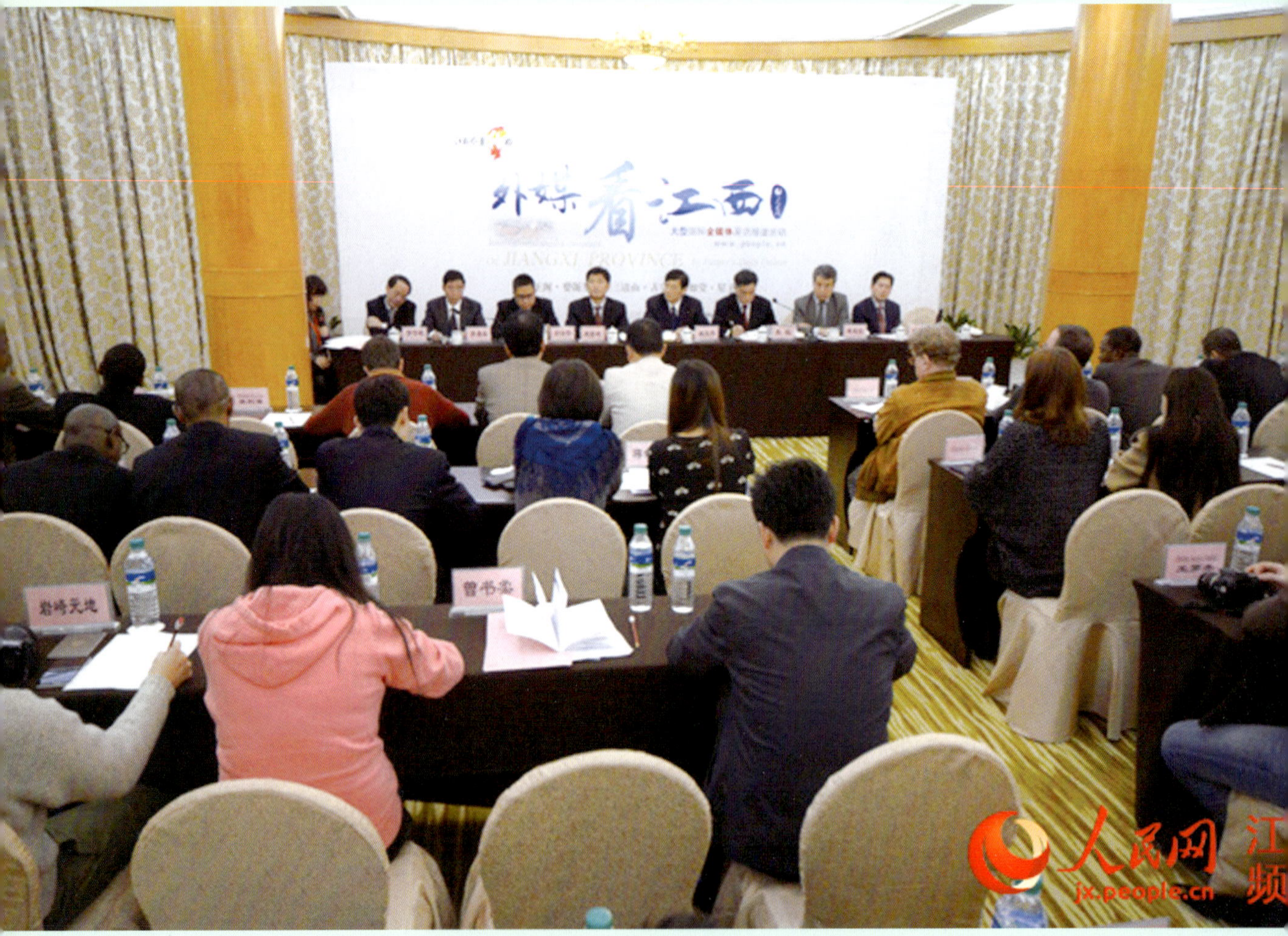
外媒看江西
JIANGXI PROVINCE
人民网
jx.people.cn

人民网上的外媒看江西

"2014外媒看江西"大型采访报道活动启动

来源：人民网–江西频道

江西省委常委、宣传部部长姚亚平为采访团授旗

人民网南昌11月14日电（记者 秦海峰）为展示江西旅游强省建设一年来的成绩，更好地推介和营销江西风景，11月14日下午，由江西省委宣传部、江西省旅游发展委员会、人民网共同主办，人民网江西频道承办的"2014外媒看江西"大型采访报道活动在江西南昌正式启动。江西省委常委、省委宣传部部长姚亚平在启动仪式上讲话并为采访团授旗，江西省副省长朱虹在启动仪式上致辞。

在接下来的7天时间里，包括法新社、埃菲社、美国合众国际社等在内的18家外国媒体，以及中央电视台俄语国际频道、西班牙语国际频道，人民网英文频道、日文频道、德文频道、西文频道在内的11个央媒外文频道40余名记者将赴南昌滕王阁、景德镇古窑、真如堂、婺源篁岭、星子县、三清山等地采访采风，并通过俄文、英文、日文、韩文、法文、西文、阿文等多个语种，在全球范围内零距离推广"江西风景独好"的独特魅力。

江西省委省政府于2013年10月作出了实施"旅游强省"战略的重大决策，提出要把旅游业打造成江西最大特色、最大优势、最大亮点，成为绿色崛起的第一窗口、第一名片、第一品牌。旅游强省战略实施一年来，江西全省上下锐意进取、真抓实干，江西旅游业迎来了又一轮发展的黄金期，成为江西经济社会发展中一道亮丽的风景。

江西省委常委、宣传部部长姚亚平在启动仪式上讲话

统计数据显示，2014年1—10月，江西接待游客总人数、旅游总收入同比分别增长25.16%和36.77%。2014年"十一"黄金周期间，江西共接待游客3232.21万人次，同比增长30.87%，人次增速全国第二；旅游收入160.32亿元，同比增长39.37%，收入增速居全国第一。

活动启动仪式上，江西省委常委、省委宣传部部长姚亚平介绍，江西旅游资源丰富，著名景点景区数不胜数，更融入了灿烂的古典文化和红色革命文化，是中国革命的摇篮，全省森林覆盖率63.1%，境内有3个国家级生态示范区、5个国家级自然保护区、12个国家级风景名胜区、14个国家级森林公园。近年来，江西加大旅游产业的发展，特别是2013年10月出台《关于推进旅游强省建设的意见》，吹响了江西建设旅游强省的号角。

姚亚平表示，要了解中国，江西是一个非常重要的节点。最近几年，江西发展迅速，农民收入大幅提高，很多农民脱贫致富。江西跟中国其他省份一样，有独特的文化、历史，所以造就了现代独特的面貌。江西非常重视此次活动，希望通过此次大型采访活动，加深对江西的了解，加强我们之间的交流，加深我们之间的感情。希望各位记者们客观报道中国情况，也希望各位能为双方文化交流牵线搭桥。

江西省副省长朱虹在启动仪式上致辞

江西省人民政府副省长朱虹在欢迎词中表示，江西是个神奇而又美丽的地方，山清水秀，民风淳朴，物华天宝，人杰地灵。好山好水好风光，江西已成为一块自然天成与人文造化完美结合的旅游宝地，吸引着来自海内外的无数游客心驰神往。他衷心希望借用外媒记者的镜头和文字记录下江西优美的自然风光和独具特色的人文风情，把美丽的江西传遍全球，让更多的人了解江西、认识江西、热爱江西。

埃菲社记者：南昌的天很蓝　赣江很漂亮

来源：人民网－江西频道

外媒记者在滕王阁拍赣江

人民网南昌11月16日电（记者　秦海峰）11月15日上午，"2014外媒看江西"采访团一行40余名中外记者登上"江南三大名楼"之一滕王阁。凭栏远眺，赣江美景一览无余，红谷滩新城尽收眼底。

滕王阁位于南昌市沿江路赣江东岸，唐永徽四年，由太宗李世民之弟滕王李元婴修建，因初唐诗人王勃文句"落霞与孤鹜齐飞，秋水共长天一色"而流芳后世。滕王阁是汉族建筑史上无与伦比的杰作，与湖北武汉黄鹤楼、湖南岳阳楼并称为"江南三大名楼"。

埃菲社记者ADRIA CALATAYUD REDACTOR第一次来到江西，游览滕王阁时，他说："滕王阁很雄伟，南昌的风景很漂亮，天很蓝，赣江也很漂亮。"

肯尼亚主流报纸《旗帜报》记者Philip Etyang已在中国待了10个多月，去过广东、宁夏、福建、云南等地，这次也

是初来江西。"来江西之前,我特地做了工作,知道江西有很多旅游胜地,很期待此次的行程。"Philip Etyang说。

和其他外媒记者一样,Philip Etyang兴致很高,从滕王阁第一层登上第六层,聆听导游讲解,欣赏珍贵展品,不停拍照。"整个滕王阁坐落在江边,登高望远,很壮观,很雄伟,我拍了很多照片,希望能留下一些纪念。"Philip Etyang说。

"2014外媒看江西"大型采访报道活动由江西省委宣传部、江西省旅游发展委员会、人民网共同主办,人民网江西频道承办,旨在展示江西旅游强省建设一年来的成绩,更好地推介和营销江西风景。在7天的行程里,40余名中外记者将赴滕王阁、景德镇古窑、真如堂、婺源篁岭、星子、三清山等地采访采风,并通过俄文、英文、日文、韩文、法文、西文、阿文等多个语种,在全球范围内零距离推广"江西风景独好"的独特魅力。

外媒记者游览滕王阁

外媒看江西 2014 2015
International media coverage of Jiangxi province

外媒记者登滕王阁赏美景 赞叹古韵唐风巧夺天工

来源：人民网-江西频道

40余名中外记者来到位于江西南昌的滕王阁参观

人民网南昌11月16日电（时雨 肖成）"在中国我也走了不少地方，还是第一次看到如此精美的建筑，very beautiful！"肯尼亚《旗帜报》的菲利普站在滕王阁顶楼凭栏远眺，不停称赞。

11月15日，40余名中外记者登上江南名楼滕王阁，用镜头记录下这座名楼的古韵唐风。通过"2014外媒看江西"活动，滕王阁的美名将再次传播到世界各地，吸引更多国际友人前来旅游观光。

外媒记者兴致勃勃地在滕王阁参观

外媒记者和游客在滕王阁内共同观看古装节目

"篁岭模式"与世界对话：婺源要建全球最美风情小镇

来源：人民网–江西频道

座谈会现场

座谈会现场

人民网婺源11月16日电（记者 秦海峰）11月16日下午，40余名中外记者在婺源篁岭景区举行座谈会，与篁岭景区董事长吴向阳就篁岭模式、篁岭的未来等多个问题进行了深入、坦诚的交流。吴向阳表示，"篁岭是婺源最独特的旅游资源，这是我自信的来源。项目虽然还没有成熟，已经有很多游客慕名而来。建成全球最美风情小镇是我们的终极目标，希望外国朋友能为我们提出一些建议。"

盘活乡村遗弃资源 赋予其精致内涵

据介绍，婺源篁岭古村通过社会资本介入，以婺源特有的古村产权收购、搬迁安置及古民居异地搬迁保护等方式，收集整理特色村落及荒废的民居院落，在保留和维护传统空间肌理与建筑风貌的前提下，彻底对古村进行内涵挖掘、文化灌注，将整个古村落改造成为旅游区和精品度假区，实现了乡村遗产空间的功能再造，盘活了乡村的遗弃资源，同时也赋予了传统村落精致内涵，促进了古村资源有效利用延续与传承。

西班牙《阿贝赛报》记者PABLO CALATAYUD REDACTOR对篁岭的开发模式非

座谈会现场

篁岭景区董事长吴向阳在回答外媒记者提问

常感兴趣：村民是怎么样搬下山的，他们现在的收入主要来自哪里？

"农民追求生活的便利性，在篁岭开发前，古村原住民大部分已经搬迁到山下，公司介入后，在土地、工作、居住等多个方面给予了村民充分保障，村民不仅能得到原来的土地收入，还能得到工资和公司分红收入。"吴向阳说。

观光、度假旅游明年陆续开放

据了解，篁岭项目开创了一种古村开发与保护兼顾、文化生态与经济发展并重的乡村旅游发展模式，采用搬迁安置与新农村建设完美结合，通过市场经济杠杆进行古村产权收购、建设品牌乡村景点，进而延伸产业带动一方致富的旅游发展新模式，也是婺源乡村旅游转型升级的探索与尝试。

在回答坦桑尼亚《每日新闻报》记者阿巴杜关于篁岭搬迁是否存在困难的问题时，吴向阳表示，这是公司和村民之间的市场行为，不涉及第三方，过程很顺利。他还透露，2014年年底篁岭观光旅游会正式向游客开放，度假旅游2015年年底向游客开放。

篁岭将建全球最美风情小镇

篁岭是走探索古村新生之路，采用"观光与度假并重、门票与经营复合"的商业模式，在严格保护古村落环境前提下，努力进行旅游转型升级。产品从单一观光型向高端休闲度假、文化演艺、旅游会展、民俗体验等品质型转变。此外，篁岭项目引入安曼国际度假酒店的品牌理念，把篁岭古村打造成特色精品度假酒店和特色的民俗文化影视村，预计项目总投资将超过5亿元。

在回答卢旺达《新时代报》记者Paul Ntambara关于开发篁岭的自信的问题时，吴向阳表示："篁岭是婺源最独特的旅游资源，这是我自信的来源。项目虽然还没

有成熟，已经有很多游客慕名而来，建成世界最美风情小镇是我们的终极目标。希望外国朋友能为我们提出一些建议。"

希望篁岭能够走出中国 走向全世界

法新社中国分社社长LESCOT Patrick关注的焦点是吴向阳开发篁岭最初的想法。

吴向阳回忆了自己开发篁岭的初衷，那还是十多年前，自己曾多次带一些摄影家朋友到篁岭采风，那时候，这里还不通公路，都要靠步行上山。"那个时候的篁岭还是隐藏在深山里的古村，远不像现在这么出名。"吴向阳说。

"这个项目源于我的摄影家朋友，是他们拍摄的照片给了我灵感。"吴向阳表示。2009年，吴向阳开始投资开发篁岭，如今这个项目已经日臻成熟。"我做了14年的旅游，对婺源有着很深厚的感情，希望借助外国媒体的力量，使篁岭能够走出中国，走向全世界。"吴向阳饱含深情地表示。

外媒记者在提问

篁岭最美老板娘迎外媒记者　欲将篁岭花茶卖到全世界

来源：人民网-江西频道

"最美老板娘"正在向外国记者介绍花茶

　　人民网篁岭11月17日电（记者秦海峰）日前，篁岭的"最美老板娘"因其甜美的气质走红网络，成了网络红人。11月16日，"2014外媒看江西"大型采访报道团走进篁岭，不少外媒记者纷纷慕名前去拜访篁岭"最美老板娘"。

　　"最美老板娘"真名叫齐靓，今年4月和朋友到篁岭合开了家花茶店，主要经营花茶、水果茶和手工皂，店名为"花时间"。甘甜的山泉水煮上顶级玫瑰，香气扑鼻，入口回甘，水果茶果香弥漫，酸甜可口；花皂都是纯手工制作，古法冷制皂虽不如现代护肤品那般艳丽，却朴素真实。"第一次迎来这么多外媒记者，希望能通过他们的宣传将篁岭推向全世界，将自己的花茶卖到全世界。"齐靓说。

篁岭万亩梯田花海

晒秋

齐靓说,"花时间"的消费人群主要是和"花时间"一样,喜欢美好事物,对未来充满希望,喜欢慢食慢饮生活的人群。希望游客来到篁岭这座以"晒秋"闻名的江南村落安静地喝杯花茶,欣赏美景、慢饮、慢食、慢生活。"最美老板娘"同时也是社交网站达人,喜欢晒自己的生活美照,拥有大量的粉丝。她店内黑板上"本店除了老板娘,其余均可出售"的俏皮广告语被网友纷纷转载。

婺源篁岭景区,由索道空中揽胜、村落天街访古、梯田花海寻芳及乡风民俗拾趣等游览区域组合而成。篁岭属典型山居村落,民居围绕水口呈扇形梯状错落排布。篁岭因"晒秋"闻名遐迩,村民晾晒农作物只能使用竹匾晒在自家眺窗前木架上,形成特有的"晒秋"农俗景观。篁岭

"最美老板娘"正在为外国媒体记者准备花茶

村落"天街"似玉带将经典古建串接,徽式商铺林立,前店后坊,宛若一幅流动的缩写版"清明上河图"。周边千亩梯田簇拥,四季花海展示惊艳的"大地艺术"。

外媒记者感叹篁岭美：简直世外桃源　太美了！

来源：人民网–江西频道

婺源篁岭景区迎来外媒记者，他们被眼前的美景吸引，和游客一起拍摄欣赏古村落美景。

人民网婺源11月17日电（时雨　郝士芳）江西婺源素有"中国最美的乡村"美誉，16日，这里迎来参加"2014外媒看江西"大型采访报道活动的40余名中外记者。一下车，他们就被眼前的美景惊呆了，"平常身处高楼大厦，这里简直是世外桃源，太美了！""这里的村落、梯田，就像水墨画般迷人。"每一位外媒记者都用尽了赞美之词。

韩国JTBC电视台的记者Cho Ik Sin扛着摄像机站在观景台忘情地拍摄着，"这里特别美，像水墨画一样，而且建筑跟韩国建筑风格不一样，黑白协调，后面有山，非常美！" Cho Ik Sin说。他对建筑非常感兴趣，韩国的古建筑在保存方面不太完整，而婺源的古建筑能保存得这么完好，很不容易，这方面值得韩国借鉴。同时，从高处看整个村落，就像水墨画一般美丽，梯田也非常神奇，大自然的鬼斧神工令人惊叹！

中国网外籍记者Buyanova Anna表示："我将通过我的镜头向国外推荐，让更多的外国游客知道篁岭。"

婺源篁岭景区董事长吴向阳介绍，婺

导游向外媒记者介绍篁岭美景 　　这么漂亮的美景，赶紧拍个照留做纪念 　　如此美景，岂能不自拍？

外媒记者参观欣赏篁岭古村落美景

置多年的古村落、古民居进行保护性开发。"吴向阳说，今天的篁岭不断挖掘生态资源与古村文化资源，加强原生态保护，以创意的思维打造景区，并朝着打造世界级最美古村样板范例而努力，让篁岭真正成为世界最美的村庄，成为世界游客休闲、度假、体验、分享品质旅游和文化交流的理想目的地。

婺源是全国著名的文化与生态旅游县，被誉为中国最美乡村，以其旖旎的自然风光、明媚的田园美景、精湛的徽州文明、古色古香的乡村民居，吸引着上千万的游客纷至沓来。白墙黑瓦、飞檐翘角的徽式古民居是婺源的文化符号，这也为"中国最美乡村"赚足了欣赏的目光。"近年来，我们公司不断探索新路，对大量散落民间闲

外媒记者用他们的镜头将篁岭美景带出国门

外媒记者用他们的镜头将篁岭美景带出国门 　　外媒记者对手工艺充满兴趣 　　快来看看我拍得美不美

210

外媒记者品尝艾果，直夸"好吃"

婺源篁岭景区董事长吴向阳被外媒记者层层包围采访

外媒记者和游客共同观赏婺源傩舞

外媒记者以篁岭古村落为背景，现场录制节目

外媒记者观赏拍摄晒秋场景

这位来自非洲的外媒记者全程录下婺源傩舞，他说要带回去给家人和同事看看这种奇特的舞蹈

外媒记者三清山采风：不可思议　怎么看都那么美

来源：人民网–江西频道

外媒记者来到位于江西上饶境内的三清山采风

人民网上饶11月17日电（时雨、秦海峰）17日，参加"2014外媒看江西"大型采访报道活动的40余名中外记者来到位于江西上饶境内的三清山，用他们的摄像机、照相机记录下这座世界地质公园的美景，通过他们的外媒平台向世界推介三清山。

从山脚乘坐缆车前往主峰半山腰，缆车徐徐上升，翠绿的山脊仿佛被踩在脚下。来自坦桑尼亚《每日新闻报》的阿巴杜是第一次乘坐缆车，他好奇地观望着缆车外面的景色，直夸"养眼"，他说，在他的老家没有这样的高山，更没有缆车。看着缆车的支架架在险峰之中，阿巴杜连说："不可思议，创造这项工程实在是太伟大了！"

从半山腰拾阶而上，时而云雾笼罩，时而碧空如洗，造型怪异的山峰让这些外媒记者连连称赞。人工修造的"高空栈道"如一条蛟龙在山间穿梭，行在其中，一草一木、一山一石都是那么的迷人。

人民网德文频道的米琳去过不少国家，也爬过不少名山大川，但是三清山的壮丽还是深深震撼了她。她说，她曾经爬过瑞士的山，虽然瑞士的山比三清山海拔高，但是两座山的形状完全不一样，三清山一些山峰的造型特别有意思，"我刚才还在和几位外媒朋友在猜那边凸起来的一块山峰像什么呢？"米琳指着"巨蟒出山"说道。

而中央电视台俄语频道的Sliaptsova Viktoryia是一名白俄罗斯女孩，她表示，这是她第一次爬三清山，尽管很累，但是这趟三清山的采风让她留下非常深刻的印象。"无论从哪个角度看，景色都非常美，非常壮观。" Sliaptsova Viktoryia说，除了景色美，令她印象深刻的还有台阶和基础设施建设都很完善，非常方便老人爬山，这一点很值得其他地方学习。

外媒记者接受江西本地媒体采访

外媒记者来到位于江西上饶境内的三清山采风

213

外媒记者探访世界最古老制瓷生产线　赞叹无与伦比

来源：人民网-江西频道

外媒记者对制瓷的过程充满兴趣

　　人民网景德镇11月18日电（记者　秦海峰）"2014外媒看江西"采访团18日来到景德镇古窑民俗博览区，探访这里世界最古老的制瓷生产线。许多外媒记者都是第一次看到手工制瓷的过程，采访之余纷纷赞叹无与伦比。

　　11月18日上午，古窑内的世界上最古老制瓷生产作业线清代圆器作坊迎来"2014外媒看江西"采访团，拉坯、印坯、利坯、挖足、画坯、施釉等工序一字排开，每个工序都由一位年长的手工艺人亲自掌管。

　　国家级非物质文化遗产项目景德镇手工制瓷技艺传承人王炎生今年79岁，是这个手工制瓷生产线上的拉坯艺人，从8岁开始学拉坯，一做就是70多年。

　　作为最古老生产线的第一道工序，拉坯是一个体力活，因而拉坯的艺人需要有一个助手。这几天王老身体不大舒服，所以由他的孙子王少辉暂替他过来上班。王少辉今年18岁，14岁开始跟着爷爷学拉坯，现在已经能够熟练掌握这门技能。

　　在生产线上，这些古老技艺的手工艺人吸引了外媒记者的注意力，他们纷纷驻足进行深入采访。多大年纪，什么时候开始学徒的？工资多少？问题细致而深刻。

　　利坯生产线上的冯祖发今年68岁，12岁开始学艺，爷爷和父亲都是利坯的艺人。"清朝的时候，从我爷爷开始就做这门手艺了，后来传给我父亲，现在传给我，到现在我做这行已经有近60年。"有些耳背的冯祖发对人民网记者说。

　　利坯虽然不如拉坯那样辛苦，但是

容易得职业病。坯体上的粉尘吸入体内，经年累月，利坯艺人就很容易得矽肺病。或许正因为如此，冯祖发的儿子没有传承父亲的技艺。对此，冯祖发并没有丝毫失落。

现在有利坯的机器，效率比人工高，但是冯祖发认为，自己的手工技艺依然有存在和延续的价值。

"相对于机器制作的陶瓷，手工制作的瓷器不容易变色，不容易坏，沉在海底的中国古代瓷器虽然经过了上千年，但是依然跟新出窑的一样，色泽、形状都没有改变，这就是手工制瓷价值最好的见证。"冯祖发说。

在参观完整个生产线后，来自西班牙电视3台的记者Sara Romero Estella表示，这是她第一次看到手工陶瓷制作的整个过程。"在我的家乡西班牙，很多人对这个非常感兴趣。"Sara Romero Estella说。

Sara Romero Estella表示，她最感兴趣的是这里的艺人大部分都是祖祖辈辈从事这个行业，每一个程序都是非常细致的工作。"无与伦比，非常棒，我采访了两位手工艺人，回去后将会制作成节目，介绍给我们的观众。"Sara Romero Estella说。

参观星子东林寺 48米高大佛让外媒记者叹为观止

来源：人民网–江西频道

人民网星子11月19日电（时雨）"我们现在看到的是一座金光闪闪的大佛像，即使我们站在远处，也能一眼看到，因为很高，有48米高，这尊佛像是世界上最高的阿弥陀佛铜像！"19日，参加"2014外媒看江西"大型采访报道活动的40余名中外记者来到九江市星子县东林大佛佛教文化游览区，金光闪闪的佛像让外媒记者们惊呆了。

据了解，东林大佛是由庐山东林寺的僧团建设的，庐山东林寺是佛教净土宗的发源地，也是佛教中国化的标志。历史上庐山兴建了大量寺院，至清代初年，有记载的寺院就有200多处，其中影响最大的是东林寺。

东林大佛北依庐山主峰，群山环抱，山水相连，是一方集朝圣、修行、弘法、教育、慈善、安养为一体的净土，东林大佛的建造得益于来自海内外的佛教徒和善心人士源源不断的捐款。

"48米高的东林大佛整体造型吸收了

龙门石窟等盛唐佛像优点，动用48公斤黄金为大佛铸金，代表了当代最高水平的宗教艺术精品。"东林寺相关负责人向外媒记者们介绍道。东林大佛佛教文化游览区以大佛为核心，组成部分包括净土文化区、新东林寺、比丘尼院、隐逸文化区、安养区、海会堂等。

48米高的佛像坐落在半空中，登山阶梯时平时起，形成一个视野开合，高度起伏，张弛有序的礼佛拜佛空间序列，使阿弥陀佛像的神秘、慈悲、庄严渐次展现在信众面前。

"这么高的佛像是怎么运上去的？太不可思议了！还镀了那么多黄金，太耀眼了！"来自塞内加尔《太阳报》的费耶不停地给佛像拍照，他说，这些照片他一定要带回去给家人和朋友开开眼界。

外媒记者庐山秀峰采风：我还会再来的！

来源：人民网-江西频道

人民网星子11月19日电（时雨）"如果问我庐山最美的地方在何处，我会说就在我们现在所处的秀峰景区！"19日，参加"2014外媒看江西"大型采访报道活动的40余名中外记者来到庐山脚下的秀峰景区，导游的一席话立即"勾起"了他们的兴趣。

外媒记者们徜徉于山间小道，景区内处处是秀美的山峰，时时都能见到瀑布泉水，更能触摸到参天的古树，听得到鸟语，闻得到花香，更能随时闲坐在点缀在山间各处的亭台楼榭，欣赏着满山天赐的风景。当然，最动人心弦的，还是遍布山体间的文化气息。早在唐代，诗仙李白就为坐落在秀峰的庐山瀑布，挥笔写下"飞流直下三千尺，疑是银河落九天"的千古绝唱。

不但诗仙李白钟爱庐山，历代的名人雅士、达官贵人都曾在此流连忘返。一批批人在这里来了又走，走了又来，在悬崖峭壁以及其他能刻字的地方留下了他们来过的印记，从而形成满山的摩崖石刻和碑刻。听着潺潺溪流，抚摸着一块块字体，外媒记者惊叹古人的杰作与大自然浑然一体。

据了解，秀峰石刻的篆刻技艺是国家级非物质文化遗产，这些石刻被列为全国重点文物保护单位的多达144幅，虽然历史久远，但这些印记经过历史大浪的淘洗依然安静地躺在这里。

在秀峰景区，还有翘角飞檐、古朴典雅的漱玉亭被苏东坡赞誉为"匡庐二绝"之一；碧波荡漾的龙潭，深不见底，被传为"秀峰中灵气聚集之处"；更不必说那道飞流千尺、气势磅礴，被李白所赞叹而天下闻名的庐山瀑布了。

"在来江西之前，我就听说这里有座庐山，一直很向往，今天终于见到庐山真面目，很兴奋！"来自加纳《每日写真报》的阿杜不停地按动着相机快门，他说，他一定会通过他的相机，把庐山美景展示给加纳人民。同时，他也希望有机会再来庐山，再来感受庐山的秀美。

外媒记者感受观音桥千年古韵　赞造桥工匠"了不起"

来源：人民网–江西频道

人民网星子11月20日电（时雨）感受完庐山秀峰的秀美后，19日下午，40余名外媒记者又来到庐山观音桥景区，这个景区坐落在庐山三大峡谷之一的栖闲峡谷，景区因千年古桥观音桥而著名。

"这座古桥今年刚好是一千岁！"当景区工作人员如此介绍时，所有的外媒记者都张大了嘴巴，摊开了双手，表示不可思议！工作人员介绍，观音桥不仅年代久远，而且它的艺术价值和建筑价值，一直在国内外为文化界和桥梁专家们所津津乐道。

"那我得在上面走一走，感受它的韵味！"外媒记者走上观音桥，抚摸着长有青苔的桥柱，好奇地翻看着桥边树上挂着的红色祈福带，更多的外媒记者对建造这座桥的工匠竖起大拇指，直呼"伟大""了不起！"

据介绍，观音桥建造于北宋祥符七年（1014），是我国最古老的石拱桥之一，长约24米，宽约4米。佛教文化的浸染在这座桥上得到很好的体现，桥背篆刻着苍劲的梵文和端庄的莲花，至今清晰可见，宋代大文学家苏东坡曾赞誉观音桥为"匡庐二绝之一"。

1988年，观音桥被列为国家重点保护文物，被誉为"中国南方桥梁建筑史上的一颗明珠"和"江南第一古桥"。

除了古桥外，观音桥景区内人文景观丰富多彩，自然风光秀丽迷人，名人踪迹溢满各处。茶圣陆羽品定的"天下第六泉"，泉水味道甜美，营养丰富，是泡茶的绝品，而明代第一画家唐伯虎曾在观音桥上画出了著名的《三峡涧桥图》，如今这幅名画已经是价值连城。

"2014外媒看江西"活动结束　向世界呈现独特江西

来源：人民网–江西频道

人民网南昌11月20日电　（记者　秦海峰）11月20日下午，随着最后一批外媒记者登上回程的航班，"2014外媒看江西"大型采访报道活动告一段落。七天时间里，40余名中外记者赶赴滕王阁、篁岭、古窑、三清山、星子等地采访，领略江西独好的风景。不少外媒记者感叹，江西是一个独特的地方，一定会做好节目，向世界推荐独特的江西。

法新社中国分社社长LESCOT Patrick表示，江西是一个蓬勃发展的省份，一路上都可以看到正在建设的工地。他表示，江西旅游发展潜力巨大，有很多独特的旅游资源，通过此次活动的举办，来江西旅游的外国游客一定会越来越多。

"江西是一个独特的地方，这一路走来，领略了很多独特的风景，这是一个快速成长的地方，以后一定会更加发达。"来自苏丹的记者阿明表示。

Cesar Mauricio Santos Castellanos来自南美洲的哥伦比亚，他是中央电视台西班牙语国际频道记者。首次来到江西的Cesar Mauricio Santos Castellanos，感觉江西人民很开放，很愿意接纳外国人。央视俄语频道记者Sliaptsova Viktoryia也表示，这是她来中国的第五个月，这次旅行让她加深了对中国的了解，江西人很热情，整个旅程受到了无微不至的照顾，看到了江西的很多美景。

"我一定会做好这次节目，向全世界呈现一个不一样的江西。"Sliaptsova Viktoryia说。

西班牙《阿贝赛报》记者PABLO MANUEL DIEZ UCEDA表示，自己经常在北京，那里的空气不好，也特别拥挤，很希望能够逃离大城市，到一个拥有蓝天和新鲜空气的地方，而江西正是这样一个地方，有美丽的山川、干净的河水，更重要的是有新鲜空气。

据了解，活动期间，人民网共刊发图文稿件30余篇，图片200余张，视频节目10余篇，综合点击率超500万人次。这次活动稿件还被国内主流媒体广泛转载，互联网上掀起了一阵"江西美景和世界握手"的舆论高潮。

未来几天，外媒记者将整理此行采访素材，并通过俄文、英文、日文、韩文、法文、西文、阿文等多个语种，在全球范围内零距离推广"江西风景独好"的独特魅力。

"2014外媒看江西"大型采访报道活动由中共江西省委宣传部、江西省旅游发展委员会、人民网共同主办，人民网江西频道承办。

外媒记者为江西旅游支招 不仅要看美景也要看生活

来源：人民网–江西频道

法新社中国分社社长LESCOT Patrick发言

人民网南昌11月20日电（记者 秦海峰）11月19日下午，"2014外媒看江西"采访团在江西省九江市星子县召开座谈会，40余名中外记者和江西旅游发展委员会相关负责人一起座谈，为江西旅游发展建言献策。

不仅要有美景 还要有生活

五天紧密行程，外媒记者一行领略了江西滕王阁、婺源篁岭、三清山、古窑、真如堂、星子等地风土民情。对于江西旅游还存在哪些需要改进的地方，外媒记者也有自己独特的观点。

卢旺达《新时代报》记者Paul Ntambara说，此行婺源篁岭令他印象最为深刻。他认为，相对于美景，人也非常重要。"外国游客来到篁岭，除了美景还想看到当地人的衣食住行，一个乡村其实包含了人、美景和文化，缺一不可。"Paul Ntambar表示。

西班牙《阿贝赛报》记者PABLO MANUEL DIEZ UCEDA也表示，三清山和篁岭的景色很美，但是如果能够看到一些当地人真实的生活就更好了。

江西可和外省联合发展旅游

外国游客到中国来旅游首先选择北京、上海等大城市，不少外媒记者还建议

西班牙《阿贝赛报》记者PABLO MANUEL DIEZ UCEDA发言

坦桑尼亚《每日新闻报》记者阿巴杜发言

将江西旅游线路和北京、上海的旅游线路打包，这样就可以增加来江西旅游的外国游客。

PABLO MANUEL DIEZ UCEDA表示，除去名山大川，江西的陶瓷也是世界闻名，应该重点发展，使其成长为像长城和兵马俑那样的旅游元素。"中国非常大，外国游客到中国首选大城市和像长城、兵马俑这样的世界闻名的景点，景德镇非常有潜力发展成为这样的景点，成为外国游客到中国必去的地方之一。"PABLO MANUEL DIEZ UCEDA说。

PABLO MANUEL DIEZ UCEDA还建议，在保留传统工艺的同时，景德镇陶瓷也应该和全球接轨，吸纳一些先进的设计理念，毕竟现代社会是一个全球化的时代。

苏丹媒体中心记者阿明表示，江西是一个独特的地方，应该坚持自己的独特性。"这一路走来，我看到了很多工地，很多景点正在建设，这是一个正在快速成长的地方。独特的江西可以和外省联合发展旅游，或优势互补，或强强联合。"阿明表示。

发展小景区 增加游客私密性

相对于大山大川，一些外国游客更喜欢小而精致的景点。

"江西旅游正在蓬勃发展，有很多大型酒店和大型旅游景区，可以适当发展一些小景点，多建一些小旅馆，更亲近自然，这对于外国年轻的旅游者或者背包客更具吸引力。"法新社中国分社社长LESCOT Patrick表示。

PABLO MANUEL DIEZ UCEDA也和LESCOT Patrick有同样的观点。"希望能有一些小的风景区，能住十多个人的小旅馆，但是必须干净，必须亲近大自然。外国游客更加注重私密性，这样的景点或许对他们更有吸引力。"PABLO MANUEL DIEZ UCEDA表示。

增加互动 让游客融入当地生活

增加景区的互动项目，让游客真正融入景区、融入当地生活也是不少外媒记者提出的意见之一。

中央电视台西班牙语国际频道的记者

Cesar Mauricio Santos Castellanos表示，婺源篁岭是他见过的最美丽的乡村之一，在那里也看到了很多游客，但是希望篁岭不仅仅是一个美丽的、给人拍照的地方，而且能成为一个主题公园，外国游客可以和当地居民互动，深入他们的生活。

"不管是三清山还是篁岭都希望能多一些当地的民俗活动，将外国游客带入到他们的生活中，这样对他们更有吸引力。"PABLO MANUEL DIEZ UCEDA说。

发展旅游从细节做起

另外，在此次采风活动中，一些细节也让外媒记者觉得应该得到改变。

法新社中国分社社长LESCOT Patrick表示，自己住过的一些酒店房间里有"臭虫"（记者注：后证实只是普通的虫子），睡觉前打死不少，这对自己心情造成了一定影响。"这些细节都需要改进。"LESCOT Patrick说。

还有不少外媒记者建议，景区服务人员素质应该更高，景区餐饮服务应该增加咖啡，希望有一些外文地图，提高英文介绍水平，在食物上给外国游客更多选择，增加晚上的活动而不至于让外国游客在晚上觉得无事可做等。

对于外媒记者中肯、坦诚的意见和建议，江西省旅游发展委员会相关负责人作了认真记录，并表示，将会对外媒记者的建议认真梳理，加以改进，从细节开始，做出改变。

座谈会现场

外媒记者参观南昌西汉大墓成果展

来源：人民网-江西频道

参加"2015外媒看江西"的外媒记者们参观南昌西汉大墓考古发掘成果展

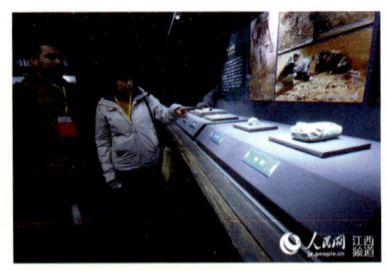

外媒记者仔细观察橱窗内展出的文物

外媒记者仔细观察展出的马蹄金和金饼

人民网南昌12月11日电（时雨）"在来南昌之前，我就听说了最近这里正在发掘的一个古墓很出名，今天来亲眼看到古墓里出土的文物，没想到这么完整，这在世界上都是罕见的！"11日，参加"2015外媒看江西"的40余名外媒记者来到江西省博物馆参观了南昌西汉大墓考古发掘成果展，来自智利Yuanfangmagazine的记者Andrea del Pilar Mella Figueroa尤其看得认真仔细。

在参观中，江西省文化厅有关负责人向外媒记者们介绍说，南昌西汉大墓从发掘和发现的初步成果来看，是迄今为止全国汉墓考古发现中，文物保存最完好，墓园及主墓结构最完整，墓园区与侯国都城布局最清晰，出土文物数量、品类最丰富的。

"从南昌西汉大墓墓园和侯国都城完好状况和考古价值看，已具备申报世界文化遗产的条件。"江西省文化厅有关负责人介绍道，南昌西汉大墓的发掘与发现，是历史给了江西一个机遇，也是历史给了中国考古界一个难得的机遇。同时，鉴于出土文物品类、数量繁多，南昌西汉大墓成为对我国科技考古的一次严峻考验和挑战，也是检验我国科技考古和展示水平与能力的一次机遇，所以要把考古发掘、研究、展示、利用相结合，将南昌西汉大墓建设成为世界科学考古的圣殿。

金光闪闪的金饼、完整排列的编钟、栩栩如生的陪葬品……橱窗内的每一件文物都非常"吸睛"，外媒记者的镜头纷纷对准这些珍贵精美的文物。"这些发掘出来的五铢钱我们是用吨来计算的。"当听到工作人员的讲解，外媒记者们目瞪口呆。

"我们的杂志是专门介绍中国的杂志。"Andrea del Pilar Mella Figueroa在参观后说道，她此前在中国其他省市也参观过文物展，但是像西汉大墓内发掘出来的文物如此完整还是头一回见，"我拍了好多照片，我将把这些照片刊发出来，让我们国家的人民了解江西南昌，了解中国的历史和文化。"

夜游赣江观赏灯光秀　外媒记者点赞"南昌气质"

来源：人民网–江西频道

人民网南昌12月11日电 （时雨）"南昌的夜景可真是漂亮，看这灯光秀，太让人惊奇了！"10日晚，参加"2015外媒看江西"的40余名中外记者乘坐游轮游赣江，观赏一江两岸夜景及灯光秀，众记者纷纷赞叹"南昌很有气质"！

"来和美丽的滕王阁合张影"

外媒记者通过廊桥准备登上滕王阁游轮。

当晚20时，记者们登上滕王阁游轮，尽管江面丝丝寒风袭来，但这依然难挡中外记者们的兴致，大家纷纷聚集在甲板上，看着岸边被灯光点亮的滕王阁，横跨江面的八一大桥、南昌大桥，以及两岸林立的建筑，中外记者们说道："太漂亮了！"

20时30分，一江两岸灯光秀微电影正式开启，这一幕更是让中外记者们惊呆了，照相机、摄像机、手机纷纷对焦微电影的画面，将精彩绝伦的画面进行定格。

"以前在巴黎坐过游轮，不过没有今天这条游轮这么热闹。"来自西班牙国家通讯社的记者Francisco Javier Borras Arumi看完灯光秀微电影后用"惊喜"表达了他内心的想法。他认为，微电影体现了高技术，也体现了江西人的智慧。当他得知眼前的灯光秀刚刚获得吉尼斯世界纪录时，他更是惊讶得瞪大了眼睛说："这次来江西真是太值得了！"

南昌一江两岸有296栋建筑参与联动表演，营造全长八公里的灯光秀。今年10月22日晚，吉尼斯世界纪录官方认定南昌一江两岸灯光秀为目前世界上最多建筑参与的固定性声光秀。一江两岸亮化工程通过"阁""塔"将南昌历史与现代衔接起来营造出白天有滕王高阁美景，晚上有景观灯光靓景的"一江两岸、阁塔相辉"的独特景观。一江两岸亮化工程推出后，先后有5部卡通动漫版灯光微电影在南昌夜景中上演，吸引大批游客观看。

外媒记者和游轮上的游客一同观赏一江两岸美景。

江西文物考古所所长：一直试图让考古成果走出象牙塔

来源：人民网–江西频道

外媒记者对话江西文物考古所所长。

人民网南昌12月12日电 （时雨）"我想问下，考古的最终目的是什么？""考古最终要向人们传递怎样的信息？"……11日，参加"2015外媒看江西"的40余名中外记者来到江西省博物馆参观南昌西汉大墓考古发掘成果展，参观结束后，作为西汉大墓考古发掘的重要人物——江西省文物考古研究所所长徐长青被外媒记者们团团围住。

"现在来博物馆参观的人数有多少？"人民画报俄语记者MAKSIM BELOV好奇地问道。

徐长青介绍说，目前每天来江西省博物馆参观的人数达到5000人次左右，很多人都是来参观南昌西汉大墓考古发掘成果展的。徐长青特别强调，来这里参观都是免费，不需要支付任何费用。

据介绍，南昌西汉大墓出土文物展自11月17日开展至12月1日的15天时间里，接

待持票参展观众7.5万人次,其中最多一天是11月22日,观众9300人次,用"爆棚"来形容一点不为过。

"刚刚在展厅看到,这些文物告诉了我们中国西汉时期的政治、生活、娱乐等方面的事情,那么,您有没有一些有关西汉时期的故事跟我们分享?"苏丹日出电视台的记者Saadeh Shaker Othman Saadeh对文物外的故事充满兴趣。

不过徐长青解释说,江西在汉代考古方面比较薄弱,此前对汉代考古主要倾向于小型墓葬,还有就是对一些城址进行调查。"现在我们发掘的南昌西汉大墓在鄱阳湖南岸,在古代的时候,那片区域有七八个著名的古县。"徐长青向外媒记者介绍说,到了公元500年左右,这些县就陆续沉入到鄱阳湖的湖底,"所以我们对鄱阳湖沿岸的考古充满了兴趣,对于考古人员来说,无论是地上还是地下都是神秘的。"

在对话中,中央电视台阿语频道的Basim Faiq Ali提出了众人关心的问题:"考古的目的是什么?考古最终要向人们传递怎样的信息?"

徐长青说,考古学家以最科学的手段发掘文物,之后进行研究,最终进行展示,这是考古的目的。

"要向公众传递怎样的信息?是我们当今考古学努力的方向。"徐长青说,比如今天我面对这么多的外媒记者,就是要向全世界、全人类分享我们的古代遗产。"再比如我们此次发掘的南昌西汉大墓,文物进行初步的保护之后就拿出来面对公众,这也是我们的一种尝试,我们一直试图让考古成果走出象牙塔,让他用最平淡、最朴实的语言和普通市民见面。"徐长青说道。

拉美记者："我将告诉我的国人 江西有个吉州窑"

来源：人民网–江西频道

人民网吉安12月14日电 （时雨）说起陶瓷，很多人首先想到的是瓷都景德镇，殊不知，"江西窑器，唐在洪州，宋时出吉州"；"先有吉州，后有饶州（景德镇）"，这两句话告诉人们，在千年以前，相比景德镇，吉州窑的陶瓷更为有名。12日，参加"2015外媒看江西"的中外记者们就来到吉安吉州窑，踏访千年古迹。

吉州窑是我国古代一座极负盛名的综合性民间窑场，它创烧于晚唐，兴于五代、北宋，极盛于南宋，距今约有1200多年的历史。在2001年，吉州窑便被国务院列为了"国家重点文物保护单位"。

参加"2015外媒看江西"的中外记者在吉安吉州窑采访。

吉州窑遗址公园内保存的从晚唐至宋元时期的24座窑包是目前世界上发现的"规模最庞大、保存最完整"的古民窑遗址群，8万平方米的窑区，约有72.6万立方米的陶片堆积，可谓是堆积丰厚、文物丰富。

此外，吉州窑产品种类繁多，风格多样，目前大约发现120多种，其制作工艺精湛，特色鲜明，以黑釉瓷和彩绘瓷最负盛名，是吉州窑瓷器的典型代表。黑釉瓷中木叶天目、剪纸贴花、窑变釉纹等产品更是"器走天下、誉满世界"，被世界上多个国家列为国宝级文物进行收藏。

"不管在我们国家还是来到中国，为什么说起陶瓷人们总是提到景德镇呢？"来自西班牙国家通讯社的记者Francisco Javier Borras Arumi道出中外记者心中的疑惑。

"虽然景德镇的制瓷历史悠久，但实际上，在北宋时，吉州窑的产品更为有名，而到南宋末年，吉州是抗元的主战场，有三千多窑工参加了文天祥率领的勤王军，保家卫国。"吉州窑遗址公园的工作人员向中外记者们解释说，这些窑工有的战死沙场，有的战败后流往景德镇，带去了生产技术；景德镇的青花瓷技艺就来自永和吉州窑。"所以我们应该这样理解，吉州窑对景德镇的瓷器烧造技术的提高，起了很大的推动作用。据说，目前在景德镇从事陶瓷业的人祖先很多来自庐陵。"该工作人员说道。

"在英文中瓷器与中国同为一词，早在欧洲掌握制瓷技术之前一千多年，中国已能制造出相当精美的瓷器。"拉美南方电视台记者Juan Carlos Arias Escardo非常喜欢中国的陶瓷，对瓷器也有几分了解，他说，吉州窑让他很感动，千年之后还能让现代人延续窑火，只有瓷器才有这般魅力，"我认为这个地方很值得报道，我将告诉我的国人，江西有个吉州窑！"

吉州窑是我国古代一座极负盛名的综合性民间窑场，距今约有1200多年的历史。

外媒记者轮番体验制瓷拉坯 感叹"这不是简单的活儿"

来源：人民网-江西频道

外媒记者轮番体验手工拉坯。

外媒记者对吉州窑的瓷器爱不释手。

人民网吉安12月12日电 （时雨）12日，尽管细雨蒙蒙，但依然难挡外媒记者的脚步。当天下午，参加"2015外媒看江西"的40余名中外记者来到吉州窑遗址公园，在这里他们见识了陶土、见识了瓷器、见识了制瓷的工艺，同时，在制瓷艺人的指导下，记者们轮番体验拉坯，他们对这一切充满了兴趣。

在一间工坊内，三位艺人正在拉坯，记者们迅速围拢上去，他们对这个十分好奇。只见一块陶土放到转盘上，艺人的双手随着转盘的转动准确地"拿捏"陶土，一只碗型就这样出现在外媒记者的眼前，"哇哦，你们的手比魔术师的手还厉害！"对于艺人娴熟的手法，记者们啧啧称赞。

"要不你们也来试一试？"得到这样的邀请，记者们纷纷挽起衣袖坐到转盘前。"拉坯的好坏是直接决定之后上釉烧成的重要因素，所以拉坯的时候，大家要心平气和、眼准手稳。"艺人们在一旁悉心教授外媒记者们拉坯手法。记者们双手蘸水和泥，随着轮盘的转动，泥团逐渐变成一个个杯子、碗、碟……尽管他们手下的拉坯造型无法与艺人们相比，但面对自己的处女作品，记者们还是觉得弥足珍贵，"毕竟这是我人生第一次制作陶器。"

经过一番亲身体验，外媒记者们感叹道，陶瓷除了具备实用功能外，更多的是在传达制瓷匠人的思想和感情。"以前我曾在电视中看到过制作陶器的过程，觉得很简单，今天自己来制作，才明白这是个技术活！"来自智利Yuangfangmagazine杂志社的记者Andrea del Pilar Mella Figueroa说，这样的体验不仅让她能够亲身体验制瓷过程，更重要的体验到中国千年的制瓷文化。

一门五进士　百步两尚书　外媒记者点赞庐陵民俗

来源：人民网–江西频道

人民网吉安12月12日电（记者 秦海峰）吉安庐陵文化生态园内有一座园中园，名叫民俗馆，馆内陈列着从民间收集的3000多件文物古董，免费向市民展出，活灵活现地反映了庐陵大户人家的日常生活场景。12月12日上午，"2015外媒看江西"采访团一行来到这里采访采风，切身感受庐陵民俗。

步入民俗馆内，首先可以看到一个有着300多年历史的清代樟木雕刻照壁墙，照壁墙后的宽敞的天井内，一组铜雕像反映出了庐陵人家日常生活：祖孙天伦之乐，家庭祥和的生活气息扑面而来，长者抽着水烟看书，妇人在纳鞋底，而两个顽童却在打弹珠、打陀螺，此外还有三两只家养的鸡鸭在地上觅食。

走进正厅，可见一副楹联高悬在两根立柱上，上书"大业惟修德，明伦在读书"，反映出吉安自古耕读传家，崇文重教的传统。右转可见一面铜锣，轻轻叩之，音色浑厚，相传为古时为官府开道之用途，抑或作欢迎远方来的客人之用。不少外媒记者纷纷上前试着敲打，阵阵浑厚的锣声在厅堂内环绕，经久不息。

继续前行，正厅右边的墙壁上，一幅幅图画，把旧时吉安人从出生，到成年，到婚嫁、寿诞等民俗描绘得栩栩如生。其中，一幅主题为"成年礼"的画作颇为引

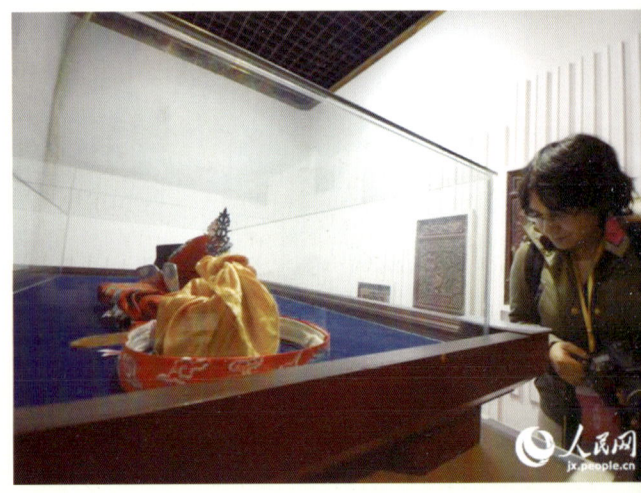

外媒看江西 | 2014 2015
International media coverage of Jiangxi province

人注目，按照吉安的旧俗，男子20岁行冠礼，女子15岁行笄礼，统称成年礼。冠礼中有命字仪式，即取字号，具备成年人的一切资格；笄礼由女性家长为女孩改变发式，绾髻插簪，表示可以婚嫁。

左转拾级而上，又可以看到一首《劝学诗》："三更灯火五更鸡，正是男儿读书时。黑发不知勤学早，白首方悔读书迟。"抬头可见一门匾，写着"白鹭洲书院"五个大字。吉安自古是一方飘逸书香的土地，文风鼎盛，人才辈出，有"隔河两宰相""一门五进士""百步两尚书""五里三状元""十里九布政""九子十知州""父子探花状元""叔侄榜眼探花"等佳话。

下楼来到左厅，右手旁的墙壁上是一幅幅反映吉安人日常生活的民俗画。一幅"起屋上梁"的民俗画吸引了不少外媒记者的眼光。

吉安造屋，必请风水先生确定位置与坐向，再选定黄道吉日，备公鸡、神钱，燃香烛敬拜破土，房主拿锄头挖三下后即扔锄离开，不得回头。砌墙前有落石仪式，于墙基四角各垫一块大石头，放进祭血神钱，赞诗祭拜后方可起基建造，择吉日上梁要办"上梁酒"，亲友备红包、对联、喜炮、包子等礼品贺新屋落成。正梁涂红，贴"长发其祥""紫微高照"等吉辞，将装有豆子、谷米、沉香、铜钱茶叶的红布袋扎在梁中间，叫"定梁"，祈愿五谷丰登、香气四溢、金钱满堂。再挂米筛、铜镜各一，象征千只眼、照妖镜，以驱邪魔。

不少外媒记者纷纷表示，民俗馆将民俗文化实物再现，既能看得见，也能摸得着，可以称得上是庐陵民俗的大观园。

民俗馆内景。

外媒看江西 | 2014　2015
International media coverage of Jiangxi province

通天岩登山赏景　外媒记者认为江西绿色生态值得推广

来源：人民网—江西频道

人民网赣州12月14日电（时雨）14日，参加"2015外媒看江西"的中外记者来到赣州通天岩采风，踏着山间石径，听着溪水潺潺，看着参天大树，记者们感叹，美景只有此处有，不愧是江南第一石窟，江西的绿色生态非常值得提倡和推广。

通天岩是我国南方古代石窟艺术宝库，这里有江西最大的石龛造像群，共有石龛279座，石刻造像359尊。石刻造像均为佛像神祇，多属唐宋时期作品。这些造像神态各异，精致俊美，是古石雕艺术的瑰宝。通天岩附近岩深谷秀，泉水涓涓，古木参天，冬暖夏凉，是游览和避暑的好地方。

尽管已入寒冬，但通天岩却处处是美景。红叶衬着黄叶，透过黄叶又能看见绿叶，踩在各色落叶铺垫的路上，倾听着细碎的"沙沙"声，让人不忍大声说话。悬崖峭壁上，随处可见神态各异的石雕，通天岩与翠微岩相交接处有8尊菩萨造像。这8尊造像开凿于唐代末年，开通天岩摩崖造

像之先河；通天岩山崖部，由五百罗汉拱卫着的毗卢遮那佛及文殊、普贤两协侍的组群造像，是北宋中期的作品；僧人明鉴为主施造的单龛十八罗汉像，开凿于北宋后期，是通天岩摩崖造像的精华所在……

采访中，中外记者来到广福寺，寺内岩顶有一天然洞口，工作人员讲述了一段有趣的传说。相传，古时候这个洞每天都会漏出一些白米来，漏出的白米正好够住持和尚及香客一天食用。结果一个和尚贪心，偷偷把洞凿大一些，想漏下更多的米，没想到漏了三天三夜的砻糠后，再也没有白米漏了。因此，至今在赣州民间至今流传的一句俗话："和尚贪心吃砻糠"，告诫人们切不可贪婪。

身处如此美妙的佳境中，1小时的采风时间显得那么匆忙，离开时，记者们都显得依依不舍。"来江西的这几天，去了不少地方，每个地方都有各自的特色，今天来到通天岩，不仅看到了绿色生态，同时也感受到古人的智慧和坚韧不拔的精神，这些都很值得我们敬佩和学习。"外媒记者们表示，这些都是笔下很好的素材，他们将把所看到的、所感受到的传播给更多的人。

尽管已入寒冬，但通天岩却处处是美景。

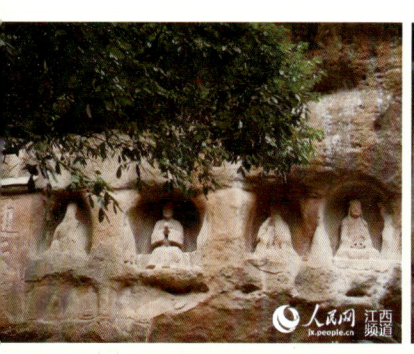

通天岩有江西最大的石龛造像群，共有石龛279座，石刻造像359尊。

登八境台赏赣州八景　外媒记者感慨才知道赣南如此美丽

来源：人民网–江西频道

人民网赣州12月14日电（记者　秦海峰）绿树苍茫，碧水微荡，楼亭对峙，清新幽静。"没想到江西还有这么漂亮的地方"，12月14日，"2015年外媒看江西"采访团一行来到赣州市八境台采访采风。不少外媒记者纷纷感叹，说起江西，只知道景德镇、庐山，没想到在江西的南部还有这么多漂亮的地方，看来江西真值得向世界推介。

八境台位于江西省赣州市城北的章水和贡水合流处，是赣州古城的象征。八境台今台高三层，仿古建筑，全台高285米，总面积574平方米。飞檐斗拱，画梁朱柱，雄伟壮丽。据史载，原台为石楼，为北宋嘉祐年间（1056—1063）孔宗瀚所建。孔宗瀚是山东曲阜人，孔子第四十六代孙。他鉴于"州城岁为水啮，东北尤易垫圮"，于是"伐石为址，冶铁锢基"，将土城修葺成砖石城，建城楼于其上。

八境台内还设有赣州博物馆，台下辟为八境公园。园内绿树苍茫，碧水微荡，楼亭对峙，清新幽静，景色如画。据说，登上此台，赣州八景一览无余，所以取名为"八境台"。

在讲解中，工作人员告诉记者们，

在八境台下面,一个名叫"福寿沟"的排水系统穿梭而过。福寿沟修建于北宋时期,工程由数度出任都水丞的专家刘彝主持,是罕见的成熟、精密的古代城市排水系统。两条排水沟的走向形似篆体的"福""寿"二字,故名"福寿沟"。虽经历了900多年的风雨,至今仍完好畅通,福泽赣州。闻此,中外记者们纷纷感叹古人的智慧。

登上古城墙,古朴蜿蜒,高低透迤,远处山间田舍烟云飘渺,近处街坊鳞次栉比,让人有种时空穿越的感觉。不少外媒记者纷纷感叹,经过在吉安和赣州的采访采风,让自己对江西有了一个全新的认识,没想到在江西的南部还有这么多美丽的地方。

外媒记者恋上崇义君子谷：愿娶个中国姑娘在此共度一生

来源：人民网–江西频道

人民网崇义12月13日电（时雨）13日，参加"2015外媒看江西"的40余名中外记者来到位于赣州崇义县的君子谷野生水果世界采访，看着青山绿水、呼吸着新鲜的空气，中外记者感叹来到世外桃源。

据了解，君子谷是一个野生水果的种质资源库。君子谷野生水果世界从1995年开始进行野生水果的收集和保护工作。通过十几年的努力，君子谷收集和保护了大量的野果资源，中国南方亚热带野生水果在这里几乎都能找到。资源圃保护和收集的南方野果种类齐全，资源较完整，是进行良种繁育和资源调查的科学平台。

尽管已入寒冬，但君子谷里却呈现春天般的生机，处处绿意盎然。"这是白刺葡萄，这边的是金樱子，还有野柿子……"行走在君子谷的林间小道，听着工作人员的讲解，中外记者们很享受眼前的一切。"如果可以，我愿意在这里定居，娶个中国姑娘在此共度一生！"采风的人群中一位记者调侃地说道，引得众人哈哈大笑。

站在君子谷制高点的观景台上，中外记者的眼前云雾缭绕，弯弯曲曲的山路忽隐忽现。"这真是绝美的风景，我想我在某一年的春天还会再来的，那时春暖花开，或许有些果树已经结果，现在想象起来都是很美好的事情。"即将离开君子谷时，中外记者们对这里恋恋不舍。

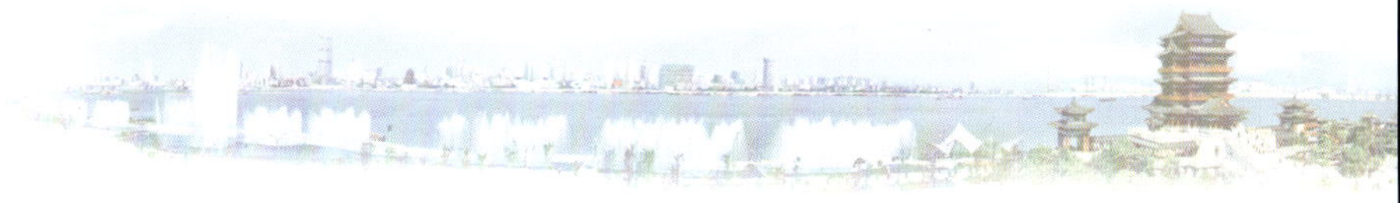

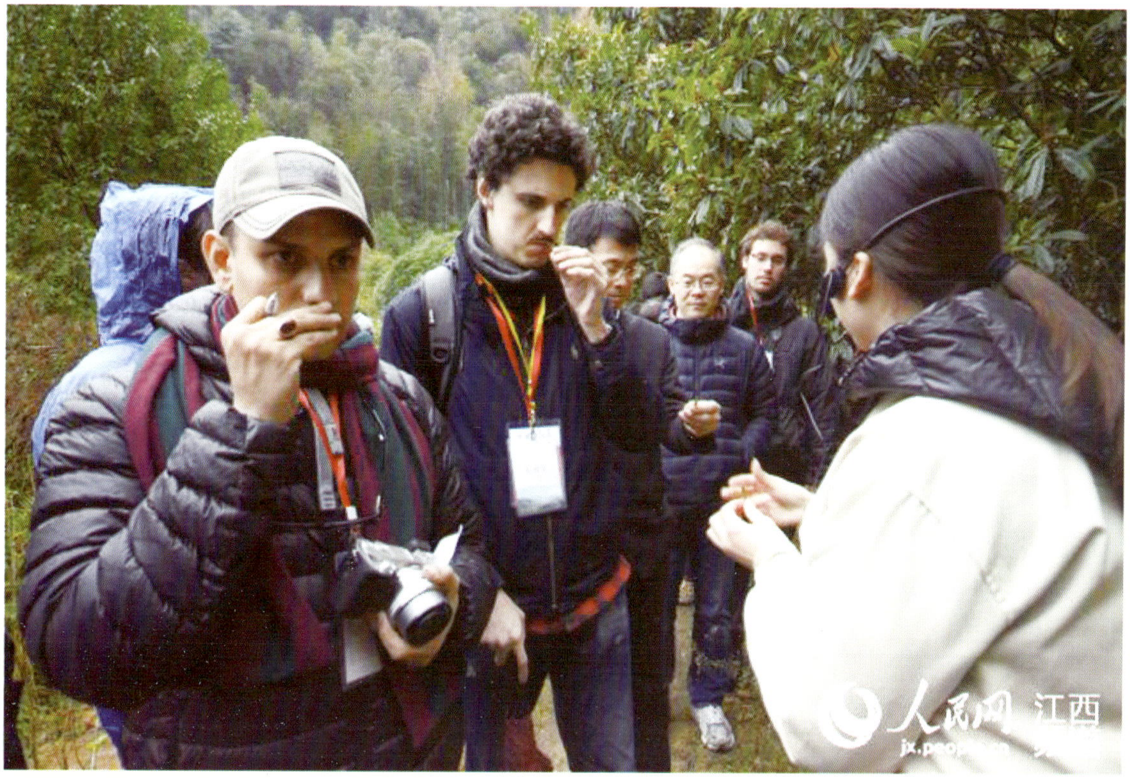
人民网 江西
jx.people.cn

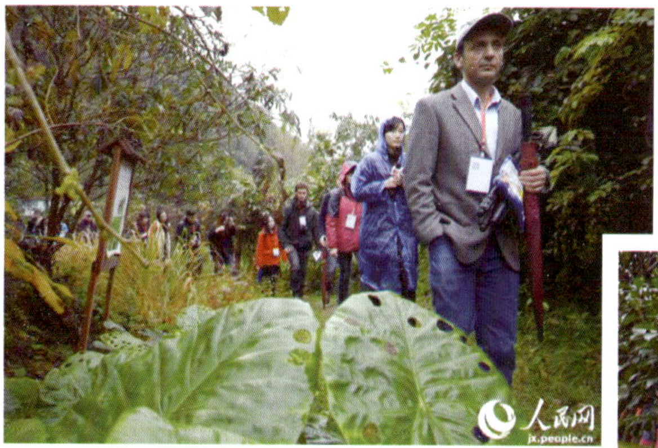
人民网
jx.people.cn

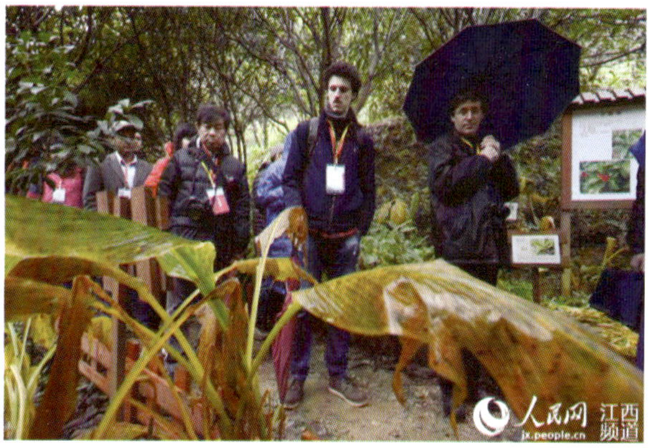
人民网 江西频道
jx.people.cn

后 记

又是一年深秋时。

有人说，了解中国，江西是一个非常重要的节点。这里青山绿水与名胜古迹交相辉映，历史文化与原始生态浑然一体，自然天成与人文精神完美结合。江西的风景是中国风景中最秀丽的部分之一，赣文化是中国文化中最精彩的部分之一，向世界讲好中国故事，江西不能缺席。我们也需要更多的人来了解江西、感受江西，讲好中国故事的江西部分。

为更好地推介和营销江西风景，从2014年到2015年，我们成功举办了两届"外媒看江西"活动，已经有30多个国家的80多名中外记者在我们的组织下来赣采访采风。这些外媒的记者朋友，在采访活动现场以及后续时间，发表了大量的图文报道。中国江西、南昌滕王阁、婺源篁岭、上饶三清山、景德镇古窑、吉安燕坊古村、吉州窑、赣南脐橙、崇义君子谷，这些地名及其自然风光、人文历史、经济社会发展等，在这些外媒的受众中得到了广泛传播和关注。去年8月，我们已将"2014外媒看江西"大型活动的采访报道内容汇编成册，由江西人民出版社出版。全书184页，25万字，由时任江西省委常委、省委宣传部长姚亚平作序，人民网总编辑余清楚题写书名。

我们注意到，在"2015外媒看江西"活动中，又涌现出很多视角独特、观察细致、思考深入的新闻报道，能够进一步帮助我们了解"外媒眼中的江西"。正是因为这些报道具有的价值，促使我们再次联合江西省旅发委将参与2014年、2015年报道的所有外媒稿件进行收集整理，并全部翻译成中文，以图书的方式，系统、全面地记录外媒眼中的江西，让"江西风景独好"品牌成为美丽中国的样板间，花开中国，美丽世界。

在此，我们特别感谢江西省旅发委主任丁晓群为本书作序，感谢江西省委宣传部、江西省委网信办、江西省旅游发展委员会、江西省外事侨务办公室、江西省国际经济文化交流中心对本次活动的大力支持。

此次《外媒看江西》一书的出版，是我们向世界讲好江西故事的一次再出发。相信，在不久的将来，还会有越来越多的"外媒看江西"活动在赣鄱大地陆续开展，感谢各位中外媒体朋友的辛勤付出，期待继续通过你们的作品搭建起信息沟通的桥梁，让世界上更多的朋友认识江西，让江西的更多故事走向世界。

人民网江西频道编辑政策委员会
2016年9月